रिसते रिश्ते

दोहा सप्तशती

रिसते रिश्ते

दोहा सप्तशती

डॉ. स्वदेश चरौरा

Sanmati

सन्मति पब्लिशर्स एण्ड डिस्ट्रीब्यूटर्स

ISBN: 978-93-88365-55-0

प्रकाशक

सन्मति पब्लिशर्स एण्ड डिस्ट्रीब्यूटर्स

बी–347, संजय विहार,

मेरठ रोड, हापुड़–245101 (उ0प्र0)

website : www.sanmatiindia.com

email: sanmati555@gmail.com

मो. 8439645104, 09997184964

प्रथम संस्करण: 2019

आवरण

RETROTEK

समर्पण

रोटी चूल्हे में जले, करती जल्दी काज।
नयन शरबती हो गये, पिय आएँगे आज।।

सेनानी पति के लिये उपर्युक्त दोहा अनायास ही रच गया था। भारतीय स्पेशल फोर्स के भूतपूर्व कमांडो पति देव के देश सेवा में संलग्नता ने मुझे भी ओजस्वी रचनाओं के सृजन को एक स्थायी विषय प्रदान कर दिया।

उनकी अर्धांगिनी रहकर ही तो काश्मीर में तिरंगा यात्रा में सहगामिनी बनी। देश के काज कुछ कर गुजरने की इच्छा बलवती हुई।कवि कमांडो समोद चरौरा जी का काव्यसृजन मुझे भी झकझोरने लगा। मेरी लेखनी भी कविताकृति सृजन को मचलने लगी। एक दूसरे की रचनाओं के समीक्षक व परिष्कारक बनकर हमने अपने लेखन को विधानुरूप साँचे में ढालने का प्रयास करके देवनागरी में सृजन करने को प्रयासरत रहे। माँ शारदे की कृपा से मेरी कलम भी विभिन्न विधाओं में समसामयिक व विषयानुकूल सृजन कर रही है। प्रथम पुस्तक 'रिसते रिश्ते दोहा सप्तशती' के दोहे रचने के समय इनको सुनाती थी। जो दोहे इनको रुचिकर लगते ये पास कर देते अन्यथा गलत बताकर पुनः लिखने को आदेशित करते। कई बार नोंक–झोंक की स्थिति भी बनती जो सामान्य बात थी। इस जद्दोजहद में कभी–कभी उत्कृष्ट दोहे आकार ले लेते।

खैर अब जैसे भी दोहे मेरी कलम ने सृजित किये वो आप विद्वान पाठकों के समक्ष हैं। किसी भी सफल पुरुष के पीछे यदि उसकी पत्नी का योगदान रहता है तो किसी भी सफल महिला के पीछे उसके पति का योगदान भी अवश्य रहता है। हम दोनों की कलम अनवरत साहित्यिक उत्थान व सामाजिक समरसता के लिए गतिमान रहे ऐसी परमपिता से विनती करती हूँ। 'रिसते रिश्ते दोहा सप्तशती' मैं अपने पतिदेव को समर्पित करती हूँ। जय हिन्द, वन्दे अखण्ड भारत मातरम।

– डॉ. स्वदेश सिंह चरौरा

जनक से मिला आशीष

बच्चे शैशवकाल से ही स्वयं में छिपी प्रतिभा का संकेत दे देते हैं। जब स्वदेश तुतली भाषा में ही बोल पाती थी तभी एक दिन माता की गोद से उतरकर चारपाई पर रखी पुस्तक के पन्नों को तन्मयता से पलटने लगी। इससे मुझे मानों माँ हंसवाहिनी की अर्चना का संकेत मिल गया। माँ शारदे के शिक्षण सोपानों को सम्भल–संभलकर चढ़ती हुई एक दिन हिंदी व संस्कृत में स्नातकोत्तर करने के बाद अध्यापन में जुट गई। गृहस्थ से समय चुराकर अपने प्राणेश्वर कवि श्री समोद सिंह चरौरा के काव्य–सृजन में सहयोग करने लगी। कवि समोद सिंह चरौरा की छह पुस्तकें प्रकाशित होने के बाद सहसा इसने भी अपनी रचनाओं को प्रकाशित कराने की ठान ली। परिणामस्वरूप **'दोहा सप्तशती–रिसते रिश्ते'** के रूप में आज सबके समक्ष लोकार्पित हो रही है।

कवि 'सरहपा' के मुख से निकली हिंदी कविता विभिन्न छंदों में बंधकर, कभी छंद बंधनों का परित्याग कर आज वेगवती सरिता की तरह अजस्र प्रवाहित हो रही है। दोहा छंद सिद्ध और नाथों व भक्त कवियों के सृजन का माध्यम रहा। रीतिकालीन कवि 'बिहारीलाल' से कलात्मक सौंदर्य पाकर अपने चरमोत्कर्ष पर पहुँच गया। पति समोद सिंह ने जिस प्रकार कुण्डलिया छंद को संजीवनी प्रदान की, उसी प्रकार मेरी पुत्री ने दोहा छंद को प्रथम पुस्तक के माध्यम के लिए चयन किया। पुत्री कवयित्री ने ग्राम्य जीवन की संजीव झलक को दर्शाया है।

सच्चा कवि सामाजिक उथल–पुथल का चित्रांकन अपनी कविता में न करे यह असम्भव है। कवि सामाजिक परिवेश से नयन नहीं मूँद सकता। साहित्य समाज का दर्पण भी है। एक दोहा देखिए–

चक्की रानी गुम हुई, कल गाती थी राग।
मंगल ध्वनि के राग हम, सुनते जैसे फाग।।

कलमकार पर्यावरण को लेकर समाज को सचेत करके लेखन धर्मिता का निर्वहन करता है। स्वदेश का यह दोहा देखिए–

उत्पादन की चाह में, लगी कंपनी आज।
सौ पेड़ों की बलि गई, ये कैसा आगाज।।

एक दोहा महाकवि संत सूरदास जी को समर्पित किया है जिनका निवास स्थान फरीदाबाद के 'सिही' गाँव में माना जाता है।

सूर रचे दोहे सरल, अर्थ समझ में आय।
समरसता उनमें छिपी, जन–जन लाभ उठाय।।

पुस्तक 'रिसते रिश्ते' में अध्यात्म की ओर कवयित्री का विशेष रुझान दृष्टिगोचर होता है, देखिए इस दोहे में–

शांति खोज में घूमते, हम तो देश विदेश।
घट–घट के भीतर बसा, ईश बदलकर वेश।।

डाक दोहे में स्वदेश ने हिंदी साहित्य के भक्तिकालीन कवि 'कबीरदास' जी का स्मरण करके समापन किया है–

कबिरा आय विराजियो, सप्तशती के बीच।
करूँ समर्पित आपको, अंतिम रेखा खींच।।

इस 'दोहा सप्तशती' को पढ़कर मैं इस निष्कर्ष पर पहुँचा हूँ कि साहित्य समाज का दर्पण होता है; इसी बात को चरितार्थ करती यह पुस्तक वाकई सकारात्मक भावों से परिपूर्ण है। मैं स्वदेश के उज्ज्वल भविष्य की कामना करता हूँ और मेरा आशीष है की स्वदेश की पुस्तकें अनवरत आती रहें और साहित्य के क्षेत्र में योगदान करके समाज में जागृति लाने का कार्य करे।

– प्रताप सिंह रावत
सेवा निवृत प्रधानाचार्य
सर्वोदय इंटर कालेज,
बनबोई, बुलंदशहर (उ.प्र.)

'रिसते रिश्ते-दोहा सप्तशती' स्वदेश जी की साधना

हिन्दी ही नहीं सकल विश्व की भाषाओं के इतिहास में दोहा सबसे पुराना छंद है। दोहे को छंदशास्त्र में वामनावतार की संज्ञा दी गई है। जिस प्रकार भगवान विष्णु ने वामन का रूप धरकर राजा बलि से दान में प्राप्त तीन पग में त्रिलोक नाप लिया था, उसी प्रकार दो पंक्ति और चार चरणों की लघु काया में बना दोहा छंद साहित्य संसार को नाप चुका है। यही कारण की दोहा आदिकाल से अद्यतन रचनाकारों का सर्वप्रिय छंद रहा है।

दोहा एक मुक्त छंद है। दो पंक्ति और चार चरणों में पाठकों को एक हृदयस्पर्शी संदेश देने का काम दोहा बखूबी करता है। इसी कारण दोहा को छंदों का सिरमौर कहा जाता है।

दो पंक्ति में जगत को, दे दे सारा ज्ञान।
दोहा उत्तम छंद है, कहते हैं विद्वान।।

दोहा छंद की उपादेयता एवं उत्कृष्टता को हृदयंगम करते हुए हजारों दोहाकार दोहा सृजन कर हिन्दी साहित्य को गौरवान्वित करने का स्तुत्य कार्य कर रहे हैं। इसी क्रम में किया गया एक प्रयास 'दोहा सप्तशती' समीक्षार्थ मेरे सम्मुख है, जिसकी रचनाकार, शिक्षाविद, छंदज्ञान में सिद्धहस्त और साहित्यिक परिवार में पली बढ़ी, विवाहोपरांत सेना में नौकरी करने वाले तथा कमांडो की पत्नी, हिन्दी/संस्कृत में स्नातकोत्तर लेखिका एवं कवयित्री श्रीमती स्वदेश चरौरा जी हैं। जैसा कि दोहा सप्तशती नाम से स्पष्ट है, इसमें सात सौ दोहे संग्रहीत हैं। यों तो दोहा ऐसा छंद है की दो चार बार सुनने के बाद एक अनपढ़ भी दोहा गढ़ सकता है, पर कभी–कभी इतना ही मुश्किल भी हो जाता है की बड़े–बड़े ज्ञानी भी गच्चा खा जाता है –

दोहे गढ़ना है सरल, अनपढ़ भी गढ़ जाय।
पर इतना मत जानियो, ज्ञानी गच्चा खाय।।

दृष्टि दो प्रकार की होती है, एक दुर्योधन दृष्टि और दूसरी युधिष्ठिर दृष्टि। दुर्योधन को पूरी द्वारिका में एक भी ऐसा व्यक्ति नहीं मिला जिसमें कोई सद्गुण हो, दूसरी ओर युधिष्ठिर को पूरी द्वारिका में

कोई भी ऐसा व्यक्ति नहीं मिला जिसमे कोई अवगुण हो, मैंने स्वदेश जी की प्रथम कृति 'रिसते रिश्ते–दोहा सप्तशती' को युधिष्ठिर दृष्टि से देखने का प्रयास किया है। कवयित्री स्वदेश जी ने अपने दोहा संग्रह में देशभक्ति, ज्ञान, स्वार्थ, राजनीति, भक्ति, नारीशक्ति, भ्रूणहत्या, वृक्षारोपण, पर्यावरण, रिश्वत, भ्रष्टाचार, माता–पिता आदि से लेकर देश की ज्वलंत समस्याओं की ओर प्रकाश डालते हुए दोहों का सृजन किया है। महर्षि वेदव्यास ने 'यत्र नार्यस्तु पूज्यन्ते रमन्ते तत्र देवता' कहकर नारी को जो सम्मान दिया है उसे स्वदेश जी अपने दोहे में इस प्रकार व्यक्त करती हैं –

नारी की इज्जत जहाँ, वो घर स्वर्ग समान।
नारी के अपमान से, बनता नर्क जहान।।

हिन्दी भाषा के प्रति हिन्दी शिक्षक को गर्व होना ही चाहिए। पाठकों को हिन्दी अपनाने की सलाह देते हुए वह कहती हैं–

क ख ग की वर्तनी, देवनागरी बोल।
भाषा के वर्ताव में, ए बी सी मत घोल।

कन्या भ्रूण हत्या जघन्य अपराध है। दूसरे शब्दों में यों कहें यह समाज के लिए कोढ़ है। मासूम की रक्षा की गुहार लगाते हुए पत्नी अपने पति को क्या कहती है, उनका यह दोहा देखिए–

गर्भवती चिल्ला रही, करो पिया उपकार।
बिटिया को मारूँ नहीं, मत कर मुझ पर वार।।

माँ–बाप को भूलकर नोटो में जन्नत देखने वालों पर उनका व्यंग्य देखिए–

नोटों की ताकत बढ़ी, मन पर छोड़े छाप।
जो नोटों में रम गया, बिसराए माँ बाप।।

फ्लैट–कार की चाह में, लिप्त रहे दिन रैन।
माँ घर भूखी ही रही, मिला कभी ना चैन।।

ऐसा प्रतीत होता है कि गाँव में पली–बढ़ी लड़की को पेड़–पौधों व जड़ी –बूटियों के गुणों की अच्छी परख है। नीम के पत्ते

की महत्ता बताते हुए उनका एक दोहा देखिए–

नीम पत्र से शत्रुता, रसगुल्ले से नेह।
एक सँवारे देह को, एक करे मधुमेह।।

दोहे सदाबहार ही लिखे जाने चाहिए क्योंकि वे दीर्घायु होते हैं। समसामयिक और तात्कालिक घटनाओं को लेकर लिखी गई रचनाएँ अल्पायु होती हैं। दोहों के क्रम में अस्त–व्यस्तता है लेकिन प्रथम प्रयास में यह क्षम्य है। यही दोहे यदि विभिन्न शीर्षकों के साथ लिखे जाते तो अधिक रुचिकर लगते हैं। दोहा ही नहीं अपितु प्रत्येक कविता में एक संदेश अवश्य होना चाहिए, कुछ दोहों में इसका अभाव सा दिखा।

स्वदेश जी ने वर्षों से इन दोहों को लिखने में अत्यंत साधना की है, मेरा ऐसा मानना है कि जहाँ साधना है वहाँ सफलता अवश्य है। पुस्तक प्रकाशन हेतु पिता, पति, पुत्र, पुत्री, नाती रुद्र व जमाता ने जो प्रोत्साहन उन्हें दिया है, वह अकल्पनीय है। मनोबल बढ़ाना भी किसी 'नोबल प्राइज' से कम नहीं। पाठक आपकी पुस्तक का आनंद लें और आप कविता लेखन के क्षेत्र में उस मुकाम तक पहुँचें जहाँ पहुँचकर व्यक्ति स्वयं को गौरवान्वित महसूस करता है।

स्वदेश जी को पुनः उनकी प्रथम कृति **"रिसते रिश्ते–दोहा सप्तशती"** के प्रकाशन पर हार्दिक शुभकामनाएँ

– **आचार्य प्रकाशचद्र फुलोरिया**
चैयरमेन, रंकबंधु साहित्य अकादमी
फरीदाबाद
घुमन्तुभास – 9910384099

1.

मीरा तेरी भक्ति में, प्रीत रही बिन स्वार्थ।
जो राणा पहचानते, कर पाते परमार्थ।।

2.

माँ वाणी कर दे कृपा, कलम लिखे बेबाक।
सच लिखने में ना डरे, रहे पाक की पाक।।

3.

शिक्षक इतना जानिए, जो तुम हो विद्वान।
बिन स्वारथ सब पढ़ सकें, मिटे दूर अज्ञान।।

4.

मंदी–मंदी हो गई, रिश्वत तेरी चाल।
नोटबंद जबसे हुए, तू हो गई कंगाल।।

5.

सन्नाटे के दौर में, पैसा करता शोर।
लाइन तो लंबी हुई, कैश लुटाते चोर।।

6.

मेहनत की रोटी भली, चाहे हो बेसाग।
आलस हरता उम्र को, जाग सके तो जाग।।

7.

व्यापारी के काम में, सब हैं एक समान।
देखभाल कर भाव कर, है खतरे में जान।।

8.

सरपट दौड़ी जा रही, देख समय की रेल।
सुख–दुख दोनों चक्र हैं, दोनों मन के खेल।।

9.

राजनीति इक चाल है केवल पाँसे फेंक।
जनता जाए भाड़ में, अपनी रोटी सेंक।।

10.

रक्त बहाते भेड़िए, आतंकी हैवान।
पेशे से शैतान हैं, काहे के इंसान।।

11.

नोट विहँसते जा रहे, लदकर ट्रक में आज।
नए गुलाबी नोट का, होगा अब तो राज।।

12.

गाल गुलाबी हो गए, सुनकर पिय के बोल।
हम इतराते आप पर, तुम पढ़ते भूगोल।।

13

बिटिया है ससुराल में, किसे सुनाएं हाल।
बेटा घर से दूर है, जीना हुआ मुहाल।।

14.

ख्वाब पखेरू उड़ चले, पिय को लेकर साथ।
छुट्टी मिलती है नहीं, सीमा पर हैं नाथ।।

15.

नूतन लता निहारती, वृक्षों का अवलंब।
लिपट गई वो शाख पर, लगे पेड़ पर अंब।।

16.

रुनझुन सी बिटिया चली, लेकर पेन किताब।
पढने की मंशा जगी, जीतूँ नए खिताब।।

17.

बिस्मिल्ला के घर बनें राधा जी के वस्त्र।
विमला टोपी सी रही, चले व्यर्थ क्यों अस्त्र।।

18.

कान्हा पर रचना लिखीं, कृष्ण भक्त रसखान।
भक्ति भाव मे डूबकर, खूब किए गुणगान।।

19.

माँ वसुधा की देहरी, वंदेमातरम् राग।
नित्य करूँ सेवा तेरी, बढे प्रीत अनुराग।।

20.

रहा सदा ही विश्व का, विश्वगुरू यह देश।
पूरी दुनिया से अधिक, पावन मेरा देश।।

21.

कबिरा विनती आपसे, पुनः विराजो आप।
दोहों में सन्देश दो, करे लेखनी जाप।।

22.

राम मिलन की आस में, शबरी थी बेचैन।
फल चखकर संचित किए, राह ताकते नैन।।

23.

सब धर्मों में नेह हो, सब जातिन में प्रीत।
बैर किए कुछ ना मिले, प्रेम किए जग जीत।।

24.

मधुरस से भरते रहे, पुष्पों में जज्बात।
सीखो इनसे साज के, हथकंडे दिन रात।।

25.

मधुकर क्यों गुंजारता, भ्रमरी करती चाह।
तू पुष्पों के संग है, नाहक देखे राह।।

26.

गाड़ी अपनी चल पड़ी, आज चरौरा गाँव।
बरगद के हैं वृक्ष अरु, हैं पीपल की छाँव।।

27.

कस्तूरी की चाह में, हिरन फिरे दिन रैन।
वो कुंडलि भीतर बसी, व्यर्थ होय बेचैन।।

28.

हिंदी के शिक्षक यहाँ बने पात्र उपहास।
अंग्रेजी का दौर फिर, दे देगा वनवास।।

29.

मरकत सा डिब्बा लगे, देखो मेरा गाँव।
पावन मन के लोग सब, पीपल की है छाँव।।

30.

खनकत मेरे हाथ में, चूड़िन की खनकार।
ये सुहाग की चिन्ह हैं, बजे मधुर झनकार।।

31.

रिसते रिश्ते देखकर, मन में उठे हिलोर।
रिश्तों का आदर करें, होगी नूतन भोर।।

32.

चक्की जैसा चल रहा, समय बहे दिन रात।
कभी विकसते नव सुमन, कभी झड़त हैं पात।।

33.

बिन दादा सूनी पड़ी हुक्के की आवाज।
चले गए तज देह को, फीके सगरे काज।।

34.

दादी भी देखी नहीं, बिना मात हैं तात।
बचपन बीता मात बिन, लगा बड़ा आघात।।

35.

माँ सद्‌गुण की खान हैं, भाई बड़े महान।
करें परिश्रम रात दिन, देख सभी हैरान।।

36.

भोर हुई निकली किरण, पंछी करते शोर।
नीड़ छोड़कर उड़ चले, छिपा चाँद चितचोर।।

37.

फूल कहे माली सुनो, हम खिलते दिन–रात।
जिस पथ सैनिक जा रहे, देंगे उनका साथ।।

38.

पुष्प महकते बाग में, भ्रमर करे गुंजार।
अलबेला मन मस्त है, बहक रहा इस बार।।

39.

नोटों की ताकत बड़ी, मन पर छोड़े छाप।
जो नोटों में रम गया, बिसराए माँ बाप।।

40.

फूल भरी सी अंजुरी, बिटिया कुल जी आन।
चहकी–चहकी सी फिरे, घर की बढ़ती शान।।

41.

रसगुल्ले सी रस भरी, सजना तेरी बात।
सेना में ड्यूटी करो, हम तरसत दिन–रात।।

42.

उत्सुक हम को देखकर, आप हुए श्रीमान।
अब परिणय में बँध गया, बंधन था अनजान।।

43.

देख चुनावी दौर को, नेता बन गए मोम।
पाँच बरस के बाद फिर, दर्शन देंगे सोम।।

44.

नव दंपति हर्षा रहे, पाकर जीवन संग।
इक दूजे को देखकर, हरषे मोहक अंग।।

45.

दाता ने इतना दिया, तो भी माँगे और।
संतोषी बनकर रहो, खाओ छोटे कौर।।

46.

गुपचुप धन को जोड़कर, करती नारी राज।
नोट बदल जबसे गए, बदल गए अंदाज।।

47.

बेशक अंग्रेजी पढ़ो, बहु भाषन को ज्ञान।
बिन हिंदी सम्मान कब, दूर करो अज्ञान।।

48.

राजनीति की आड़ में, कुछ उन्मादी लोग।
कालाधन संचय किया, खाते छप्पन भोग।।

49.

कोलाहल बरपा रहे, भ्रष्टाचारी लोग।
अब उँगली घी में नहीं, करना होगा योग।।

50.

पैसे लेकर भागता, काले मुँह का चोर।
गुमसुम साहूकार है, चोर मचाए शोर।।

51.

रुखसत घर से हो गई, बिटिया मेरी आज।
सुबक–सुबक कर रो रही, गया मात का राज।।

52.

वर्णों को लिखती रही, किए छंद गुणगान।
नवरस का वर्णन किया, खूब बढ़ाया ज्ञान।।

53.

अब राहत मिलने लगी, छोटी हुई कतार।
नए गुलाबी नोट का, पकड़ा है अंबार।।

54.

फुरसत के दिन आ गए, जियो मिला सिम मोय।
खूब करो बतियाँ सनम, अपने मन की खोय।।

55.

शीत ऋतु का आ गया मौसम अब श्रीमान।
गर्म वस्त्र को पहनकर, करो कर्म धर ध्यान।।

56.

बैंकों ने धोखा किया, लंबी हुई कतार।
अंदर से धन दे दिया, जनता थी हकदार।।

57.

कब से दिनकर कर रहा, दुनिया में उजियार।
चाँद निहारे चांदनी, अब है उसकी बार।।

58.

छात्र पढ़ो तुम ध्यान से, पेपर हैं नजदीक।
आगे बढ़ना है तुम्हे, मौसम है रमणीक।।

59.

वसुधा चन्दन सी लगे, बच्चा बच्चा राम।
गंगा का जल पाक है, पीकर हो आराम।।

60.

बने लेखनी पँख की, कागज तरु बन जाय।
ईश वंदना जब लिखूँ, भाव शब्द बन आय।।

61.

शाकाहारी भोज से, रहो सदा निरोग।
मांसाहारी जीव को, खाकर होते रोग।।

62.

नारी की इज्जत जहाँ, वो घर स्वर्ग समान।
नारी अपमान से, बनता नर्क जहान।।

63.

फितरत ओछी कर रहा, पाक पड़ोसी देश।
सर्जीकल ही मार्ग था, दिया सही सन्देश।।

64.

देशी सब सामान लो, ठुकराओ पर चीज।
चीनी हावी हो रहे, समझ रहे नाचीज।।

65.

क्रिसमस आया खुश हुए, सारे बच्चे आज।
सेंटा दे उपहार तो, बने हमीं सरताज।।

66.

कंकड़ पत्थर बन गए, मंदिर मस्जिद आज।
गंगा जमुनी सभ्यता, बतलाती अंदाज।।

67.

अदरक शहद मिलाइए, खाओ दो दो बार।
कफनाशक औषधि बने, देते गात निखार।।

68.

निंदिया तेरा शुक्रिया, जो आई ना आज।
दोहों की रचना हुई, लेख बने परवाज।।

69.

बया निहारे शून्यता, हरियाली कम होय।
नीड बुनूँ कैसे यहाँ, पेड़ घटे दुःख मोय।।

70.

आजीवन मेहनत करी, बनी रही अनजान।
लम्हें कब सुखकर हुए, नहीं हमें अनुमान।।

71.

गुरु की महिमा जब लिखूँ, मन में शांति अपार।
ज्ञान उन्हीं की देन है, करती हूँ स्वीकार।।

72.

कल–कल नदिया बह रही, गतिमय है संसार।
बिना रुके चलते रहो, जीवन ले विस्तार।।

73.

नूपुर पग में बांधकर, शिशु जब थिरकत जाय।
मात पुकारे नेह से, बालक मटकत आय।।

74.

खूब लुभाती जन सभी, नगरवधू इठलाय।
यौवन मदमस्ती भरा, मन में दर्प समाय।।

75.

सुनते हैं जन्नत मिले, करो ईश का ध्यान।
सब कुछ है संसार में, हो जाएगा भान।।

76.

निंदक का आभार कर, करी बुराई रोज।
अवगुण गायब हो गए, खूब मनाओ मौज।।

77.

आस लगी थी मात को, जुटी रही दिनरात।
जब बच्चे काबिल हुए, बदले कब हालात।।

78.

बंगला गाड़ी पास है, दस हैं टेलीफून।
गोली खाकर सो रहे, मिलता नहीं सुकून।।

79.

मायूसी क्यों छा रही, क्यों चिंतित हो मीत।
छोड़ो सारी मुश्किलें, गाओ मिलकर गीत।।

80.

कब से नयना देखते, सजना तेरी राह।
छुट्टी मिलती क्यों नहीं, करती सजनी चाह।।

81.

बेशक मैं कविता लिखूँ, बेशक लिख दूँ गीत।
देशभक्ति गर ना लिखूँ, कैसे होगी जीत।।

82.

आतंकी एटम बने, करते हमले रोज।
नीच फँसे हैं जाल में, कहाँ बचेगा ओज।।

83.

अपनी प्यारी कंठली, बेचीं मैंने आज।
बच्चों की सब चाहतें, देती थीं आवाज।।

84.

पावनता का रूप है, गंगे तेरा नीर।
आकर गोते मारते, तेरे तट पर वीर।।

85.

आओ मिलकर साथ दें, माँ वसुधा का आज।
हम सब पौधा रोपकर, बदलेंगे अंदाज।।

86.

हंस यहाँ दाने चुगें, कागा मोती खाय।
कलयुग समझो आ गया, देखत सभी लजाय।।

87.

नयना हो गए शरबती, पिय आएँगे आज।
रोटी चूल्हे में जले, करती जल्दी काज।।

88.

मुझको मिलती है नहीं, संदूकों में मौज।
मेहनत करके देख लो, जैसे करती फौज।।

89.

निंदक नियरे यदि रहे, निर्मल होय सुभाव।
वो निंदा जितनी करे, उतना ही मन भाव।।

90.

नैना नित्य निहारते, तुम दर्पण में मीत।
आयु पल पल घट रही, चली आ रही रीत।।

91.

तुमको क्या उपहार दूँ, मैं चिंतित हूँ यार।
नेह, प्रीत की पोटली, भरा उसी में प्यार।।

92.

थिरकन में घूँघरु बजे, नगर वधू का नृत्य।
इक दिन ऐसा आएगा, पड़े भूलना कृत्य।।

93.

आया हामिद हाट से, चिमटा लिया खरीद।लिए
खिलौने मित्र ने, खूब मनाई ईद।।

94.

बेशक छू लो आसमाँ, हो जाओ विद्वान।
मात पिता भूखे अगर, कितना कष्ट महान।।

95.

मुरली गुमसुम हो गई, गोपी हैं मजबूर।
मिलने को मनवा करे, कान्हा कोसों दूर।।

96.

सन्नाटे के दौर में, झिंगुर गाते राग।
जुगनू करते रौशनी, लालटेन के भाग।।

97.

अपने पाँव पसार कर, डेंगू करता मौज।
कहाँ मिलेगी जीवनी, अब तो करलो खोज।।

98.

तुमने जो दिखला दिया, विश्वासों में खोट।
और ईर्ष्या बढ़ गई, मन को रही कचोट।।

99.

तितली सी बिटिया उड़े, लेकर नूतन रंग।
मात पिता हर्षित हुए, करती सबको दंग।।

100.

जीवन भर करते रहे, समरसता की बात।
अपने पर जब आ गई, बदल गए हालात।।

101.

गंगा जमुनी सभ्यता, देख सभी हैरान।
सब धर्मों का मेल ही, भारत की पहचान।।

102.

क्या मजहब क्या जातियाँ, है सब एक समान।
एक रक्त इक हाड़ है, लो इतना पहचान।।

103.

राज पाट परित्याग कर, गए राम वनवास।
कैकई के मन में खुशी, भरत राज की आस।।

104.

मिल जुलकर जब तक रहे, आपस में घर बार।
प्रेम प्रीति कायम रही, बढ़ा और भी प्यार।।

105.

पंचतत्व की देह का, करो सदा सम्मान।
सद्‌गुण से परिपूर्ण हो, नहीं होय अपमान।।

106.

क्षिति जल पावक नभ रहे, उर्जा से भरपूर।
पंचतत्व की देह है, इनसे मिलता नूर।।

107.

पानी जैसा बुलबुला, काया का ये रूप।
इसमें दोष न पालिए, होवे रूप कुरूप।।

108.

क्षण भंगुर संसार से, मत कर इतना नेह।
जब जाने का वक्त हो, बरसे आँसू मेह।।

109.

पाहन पूजे कब मिले, भक्तों को भगवान।
मात पिता को पूजकर, मिल जाएँ कर ध्यान।

110.

मंदिर मस्जिद जा रहे, खुश होकर तो आप।
अम्मी घर भूखी पड़ी, करती बैठी जाप।।

111.

चाँद फिक्र करता नहीं, चकवी जागे रात।
क्यूँ पागल है प्रेम में, रख वश में जज्बात।।

112.

श्वेत बाल अब हो गए, समझो मेरी बात।
मंदिर में कर आरती, रहें भले जज्बात।।

113.

दिन रैना सोते रहे, बीती उम्र तमाम।
देख बुढ़ापा रोय मत, जप श्री हरि का नाम।।

114.

क ख ग की वर्तनी, देवनागरी बोल।
भाषा के बर्ताव में, ए बी सी मत घोल।।

115.

स्वर व्यंजन की बांसुरी, बजती जैसे राग।
रस छंदों के साथ में, गाते मोहक फाग।।

116.

छोटे बच्चे लील कर, क्या पाओगे आप।
नियम ताक पर रख दिए, करते कैसे पाप।।

117.

बदले सारे ढंग अब, फैला शुभ सन्देश।
अब विकास पथ पर बढ़ा, मेरा भारत देश।।

118.

हाथ उसे आए नहीं, खट्टे हैं अंगूर।
चली लोमड़ी खीझकर, खाएगा लंगूर।।

119.

वृन्दावन सूना पड़ा, बिन तेरे गोपाल।
राधा भी लौटी नहीं, राह देखते ग्वाल।।

120.

कैसी फितरत हो गई, करे रोज अपराध।
आइ एस के आतंक ने, किया देश बर्बाद।।

121.

रिश्तों के जंजाल में, मत बिसराओ देश।
करो नौकरी देश में, मत जाओ परदेश।।

122.

देख मनोहर देश को, न स्वदेश हर्षाय।
कुछ नेता कमबख्त ही, देंगे आग लगाय।।

123.'

करतब करती बन्दरी, बन्दर चढ़ा मचान।
साली को लेने चला, बंदरिया हैरान।।

124.

आलू तेरे प्रेम पर, चढ़ा टमाटर रंग।
बैंगन पानी भर रहा, ताज सजा कर अंग।।

125.

बेटी आई कोख में, क्यों है तू हैरान।
लक्ष्मी का प्रतिरूप है, किस्मत हो बलवान।।

126.

जब तक तन में साँस है,रखो देश का मान।।
मातृभूमि के बिन सभी, केवल एक दुकान।।

127.

तितली जैसी घूमती, बिटिया घर की शान।
माँ–पापा की लाडली, गुड़िया भरे उड़ान।।

128.

गफलत में क्यों घूमता, नर अब धर ले ध्यान।
अंत समय अब आ गया, ईश्वर को पहचान।।

129.

गर्भवती चिल्ला रही, करो पिया उपकार।
बिटिया को मारूँ नहीं, मत कर मुझ पर वार।।

130.

डॉक्टर बेटी जाँचते, करें लिंग पहचान।
ऊपर वाला देखता, नर्क मिले नादान।।

131.

फिर चुनाव की बात है, फिर बदला परिवेश।
मतदानों की पत्रिका, छपवा रहे प्रदेश।।

132.

तके रात भर चाँद को, चकवी करती प्यार।
रहे अनवरत देखती, फिर भी है लाचार।।

133.

शादी का रिश्ता बना, सब रिश्तों में श्रेष्ठ।
ससुर पिता के तुल्य हैं, भाई जैसे ज्येष्ठ।।

134.

बुलबुल जैसी चहकती, महके पुष्प समान।
मेरी बिटिया गीत सी, बनी मेरी पहचान।।

135.

खूब चबाकर खाइये, लघु निवाले तोड़।
पाचन में दिक्कत नहीं, रोगों से मुख मोड़।।

136.

गंगा पावन है नदी, नहा रहे हो आप।
कचरा क्यों हो डालते, करते रहते जाप।।

137.

कान्हा ही खाते रहे, माखन हर इक बार।
नाम सखाओं के लगा, ठनी व्यर्थ में रार।।

138.

घर में दस्तक दे गया, इक उन्मादी आज।
रैली है निकलो तुरत, सब उगलेंगे राज।।

139.

सोच रही हूँ देखकर, यह चुनाव का शोर।
उनको मिले गद्दी तो, हम होते मुँहजोर।।

140.

चार धर्म मिलकर रहें, ऐसा मेरा देश।
सब आपस में हैं सुखी, भाता हमें स्वदेश।।

141.

अब क्यों धीमी हो गई, पंछिन की रफ्तार।
चिमनी से उड़ता धुँआ, हैं बेबस लाचार।।

142.

पेड़ लगाया इक नहीं, काटे वृक्ष हजार।
बढ़ा प्रदूषण अब यहाँ, हए सभी बीमार।।

143.

मेहनत तेरा शुक्रिया, दिखलाये सब रंग।
बेहतर बनने के यहाँ, सीख गई मैं ढंग।।

144.

सदा अमीरी से रहा, मेरा छत्तिस अंक।
बेकारी सिखला गई, खिले कीच में पंक।।

145.

अध्यापन की नौकरी, सब कामों से ठीक।
पढो पढ़ाओ ठाठ से, माँ वाणी नजदीक।।

146.

वर्ष नया फिर आ गया, लेकर खुशी अपार।
कर्म करो, आगे बढ़ो, मिटे गरीबी यार।।

147.

अनुमानों की पोटली, विश्वासों की के द्वार।
दोनों मिलकर एक हो, बन जाए घर बार।।

148.

मैंने देखी रात भर, निंदिया तेरी बाट।
तू सोई मजदूर संग, पलटी मैंने खाट।।

149.

जूते की महिमा बड़ी, कभी काम आ जाय।
जो मिर्गी का मर्ज हो, जूता दियो सुँघाय।।

150.

राम नाम की पोटली, लूट सके तो लूट।
बिना दाम के मिल रही, रही सदा से छूट ।।

151.

मैना बक झक कर रही, बना घोंसला मस्त।
अंडे देकर है खुशी, रहे रात–दिन व्यस्त।।

152.

बिन सोचे बोलो नहीं, करो सोचकर बात।
बिन सोचे जो बोलता, खाता फिरता लात।।

153.

खूब किताबी ज्ञान का, करती रही बखान।
बिना गुरु के कब हुआ, मुझको सच्चा ज्ञान।।

154.

परली जलती खेत में, हम होते भयभीत।
हवा प्रदूषित जो हुई, दम घुटता है मीत।।

155.

काया कुंदन हो गई, चन्दन मन गंभीर।
ईश आपकी अर्चना, लाई दिल में धीर।।

156.

माटी की ये देह है, माटी में मिल जाय।
मत कर गर्व शरीर पर, काल सरकता आय।।

157.

उपमानों के बीच में, खूब करे नर गर्व।
अधिक बड़ाई खोखली, होते ऊजड़ पर्व।।

158.

बहुत कीमती हो गए, अब साजन के बोल।
गजलों में बिकने लगे, कल तक थे अनमोल।।

159.

बिन उद्यम मिलते नहीं, जीवन के सब रंग।
आलस छोड़ो जीत लो, जीवन भर जी जंग।।

160.

आँगन रोज बुहारती, घर का लक्ष्मी नार।
सेवा करके है सुखी, मस्त रहे घर बार।।

161.

सबको शिक्षा चाहिए, और चाहिए जॉब।
रोजगार भरपूर हो, तभी रहेगा रॉब।।

162.

नन्ही कलिका महकती, मेरी बिटिया आज।
प्रेम सहारा मिल गया, भर लेगी परवाज।।

163.

शिक्षक की पहचान हैं, आज्ञाकारी छात्र।
वही बनेंगे एक दिन, आइ ए एस के पात्र।।

164.

बिना प्रेम खिलते नहीं, जीवन के भी रंग।
नफरत केवल बाँटती, मायूसी के ढंग।।

165.

देख दुखों की बाढ़ को, मत हो आप अधीर।
ईश परीक्षा ले रहे, बन जाओगे वीर।।

166.

महा ठगणि माया रही, सबको लेत लुभाय।
इसके चक्कर से बचो, मन को ले भरमाय।।

167.

अनुभव भरा जहान में, ले ले इसका ज्ञान।
बिन अनुभव कब ज्ञान हो, ये कह गए सुजान।

168.

कुलमुल करते वर्ण हैं, खुशदिल मेरे भाव।
मिल जुलकर दोहे बने, तनिक नहीं है ताव।।

169.

उन्मादी उन्माद से, क्यों पागल हो आप?
अज्ञानी ढंग से रहो, बनो अभी मत बाप।।

170.

सीमा पर मुस्तैद हो, ड्यूटी करती फौज।
हम चिंता से मुक्त हो, करते रहते मौज।।

171.

शासक होना चाहिए, जनता के अनुरूप।
ध्यान प्रजा का जो करे, वही कुशल है भूप।।

172.

निर्मल थी निर्मल रहें, मेरी गंगे मात।
कचरा मत फेंको यहाँ, जोड़ूँ दोनों हाथ।।

173.

नर नारी सब एक हैं, भेदभाव मत पाल।
गर दोनों मिलकर रहें, देश रहे खुशहाल।।

174.

गुरुवर मेरे ब्रह्म सम, देते हैं आशीष।
एक इशारा यदि करें, तुरन्त नवाएँ शीश।।

175.

कब तक देखूँ राह को, मेरा मन बेचैन।
रोते रोते थक गए, उन बिन तरसे नैन।।

176.

सात दिनों के मध्य में, करो एक उपवास।
पाचन क्षमता ठीक हो, तन देवों का वास।।

177.

नदिया बहती जा रही, रुकने का क्या काम?
प्रियतम से मिलकर मिले, उसे अनूठा नाम।।

178.

मित्र बनाओ तो करो, गुण दोषों की जाँच।
दूर बुराई से करे, आन न पाए आँच।।

179.

देह व्याकरण सी कठिन, रसना है रसधार।
हृदय सुकोमल काव्य है, मीत गजल का प्यार।।

180.

अनुपम काया देखकर, प्रेमी खिंचता आय।
हाड़ मांस की गाठरी, क्यों मानव ललचाय।।

181.

दिल दरिया सा है बड़ा, बेबस अपनी जान।
यम आए इक दिन यहाँ, ले जाएगा प्राण।।

182.

नमक तेल में डूबती, तेरी उम्र तमाम।
हरि सुमिरन से ही मिले, जीवन को आराम।।

183.

उत्तम तेरी है प्रकति, बुरा ऐब ना कोय।
कब सर्पों के दंश से, चन्दन विषयुक्त होय।।

184.

कब पीती हैं आप ही, नदिया अपना नीर।
तरु ना अपने फल चखे, परहित हेतु शरीर।।

185.

ताल लबालब था भरा, सबकी प्यास बुझाय।
सागर गरजे जोर से, कौन नीर पी पाय।।

186.

हाथ पिनो में पड़ गया, नोक चुभी तत्काल।
ध्यान रखा कब आपना, हुई जान बेहाल।।

187.

फ्लैट, कार की चाह में, लिप्त रहे दिन रैन।
माँ घर भूखी ही रही, मिला कभी ना चैन।।

188.

अपने डूबे भाग्य में, मैं भी थी संलिप्त।
कर्म मेरे हाथों रहा, रही भोग में लिप्त।।

189.

धनी बनूँ इस चाह में, लगी रही दिन रात।
ख्वाब हकीकत ही रहा, धन कब आया हाथ।।

190.

चींटी की मेहनत दिखी, गर्व करे हर जान।
वो कितनी मेहनत करे, शर्मिंदा इंसान।।

191.

बुलबुल तुम क्यों फँस गयीं, इस पिंजरे में आय।
स्वर्ण जड़ित पिंजरा कहाँ, आजादी दे पाय।।

192.

कनक तीलियों से लिपट, मैं रोई उस रात।
पिय मुझसे रूठे रहे, था दिल पर आघात।।

193.

वर्णों के श्रृंगार में, अलंकार हैं साथ।
जैसे चन्दन पेड़ में, खुशबू का है हाथ।।

194.

वर्ण वर्ण के मेल से, जब लेते आकार।
कविता की सूरत बनी, भाव होय साकार।।

195.

दौलत से मनते नहीं, अपने सब त्यौहार।
संतोषी की जीत हो, प्रीत करे मनुहार।।

196.

राही क्या तू चाहता, वृक्ष मिलें फलदार।
यहाँ कंपनी लग गई, बढ़ा लिया व्यापार।।

197.

तू सच्चाई भाग जा, क्या तेरा अधिकार।
झूठे के सिर ताज है, तेरी कहाँ बहार?

198.

जो खाकर हैं भूलते, कहते नमक हराम।
छोड़ो इनके नेह को, कभी न आते काम।।

199.
क्यों सबको दिखला रही, दौलत अपने रंग।
ठहरे तू इक घर नहीं, बड़ा अनूठा ढंग।।

200.
जुगनु तेरी रोशनी, कर देगी उजियार।
रोज चमकता रात भर, भागेगा अंधियार।।

201.
पागल कोयल कूकती, सबको रही पुकार।
कागों की पंचायतें, बैठी उसके द्वार।।

202.
घर के झगडे में हुई, जनता भौचक आज।
कल तक तो अध्यक्ष था, आज पुत्र पर ताज।।

203.
तुमने थामा शारदे, कंगाली में हाथ।
लक्ष्मी देवी आज तक, कहाँ रही हैं साथ।।

204.
बँटवारे के शोर में, दवी मातु की चीख।
तुम्हें खिलाया आज तक, माँगे कैसे भीख।।

205.

पाई–पाई जोड़कर, भवन बनाया मात।
अब वृद्धाश्रम में बसी, संग हो लिए तात।।

206.

तूने मुझ पर मुफलिसी किया खूब अहसान।
कौन पराया–आपना, हुई मुझे पहचान।।

207.

तू–तू मैं–मैं, में सुना, बँटवारे का शोर।
बिटिया तक ब्याही नहीं, मात हुई मुँहजोर।।

208.

नौ सौ चूहे खाय के, बिल्ली हज को जाय।
आडंबर के साथ में, अब मानव क्यों इतराय।।

209.

घना कोहरा छा गया, सर्दी का ले रंग।
बच्चे मजदूरी करें, मजदूरों के संग।।

210.

इक इक तिनका खोजकर, बया बनाती नीड।
तुम सड़कों पर सो रहे, देखत जाती भीड़।।

211.

बक–बक मैना कर रही, क्या कहती है आज।
फिर पेड़ों को काटने, आए हैं जाँबाज।।

212.

पढ़ लिख करके आपको बनना था इंसान।
फिर कैसे तुम बन गए, पढ़ लिख कर हैवान।।

213.

सम्मानों की लॉटरी, उपमानों का खेल।
कविता के दरबार में, होती ठेलमठेल।।

214.

द्वंद्व बहुत करने लगी, शिक्षक की छवि आज।
ट्यूशन का धंधा चला, लज्जित है सरताज।।

215.

टाइटेनिक सी हो गई, अब कुनबे की रार।
छेद हुआ है आजकल, डूबन की है बार।।

216.

पंछी देखे डाल को, होकर आत्मविभोर।
कल पेड़ों को काटने, आएँगे कुछ चोर।।

217.
क्यों रे भौरे! आज तू, रहा बड़ा इतराय।
माली का आया हुकुम, पुष्प तोड़ ले जाय।।

218.
बिटिया चहके आंगना, नाचे मन का मोर।
तुम बेटों से चाहते, सदा सुहानी भोर।।

219.
कितने दिन से देखते, नयना तेरी राह।
पनघट पर बैठी रही, करके तेरी चाह।।

220.
साँप पालकर क्या करे, देगा दंश जरूर।
फूल कंटकों बीच हैं, काँटे चुभे हुजूर।।

221.
धन तो इतना जोड़कर, लगा लिया अंबार।
भरा टैक्स बिलकुल नहीं, मुश्किल में घर बार।।

222.
रस छंदों से युक्त हो, कविता करे विचार।
अलंकार सी हो छटा, हो जाए श्रृंगार।।

223.

दृष्टि आँख में है नहीं, नाम नैनसुख होय।
नामों के इस फेर में, भारी अचरज कोय।।

224.

बूढ़े को लाठी प्रिय, वही सहारा होय।
तनिक टेक से बल मिले गिरन न पाए कोय।।

225.

चिर यौवन तू कब रहे, पल–पल घटे शरीर।
भरमाया जिस नेह में, आखिर होय अधीर।।

226.

रस बातों का है भला, काम तनिक ना भाय।
पर निंदा में मन लगे, कोई नहीं सुहाय।।

227.

पर निंदा होती बुरी, करत–करत थक जाय।
अपने अवगुण भूल के, दूजे में चित लाय।।

228.

इस गठरी भर देह को, खूब सजाता जाय।
अब चलने की बार है, नैन अश्रु टपकाय।।

229.

दंगल आज चुनाव का, नेता खेले खेल।
पाँच वर्ष के बीच मैं, चलवा दूँगा रेल।।

230.

क्यों रे पागल मनचले, नजरें रहा गड़ाय।
तेरी बहना भी सखा, कालेज पढ़ने जाय।।

231.

कंचन काया कह रही, देखूँगी मधुमास।
तूने मुझसे जिंदगी, खूब किया उपहास।।

232.

रुखसत बिटिया जब हुई, होती मात अधीर।
पिता निहारे शून्यता, कौन धराए धीर।।

233.

देख चुनावी रंग में, सबको चढ़ा खुमार।
जीते केवल एक ही, उतरेगा गुब्बार।।

234.

अड़चन आई ब्याह में, मांगे पिता दहेज।
तुरत खोज लो अन्य वर, रिश्ते रखो सहेज।।

235

करतल की ध्वनि सुन रही, पाने को विस्तार।
तुमने आकर मुफलिसी, मुझे सिखाया सार।।

236.

रहिमन तेरे काव्य में, गंगा जमुनी रंग।
दोहे मनभावन कहे, रहा अनूठा ढंग।।

237.

तंदूरों की आग में, जीव तड़पता जाय।
उदर पूर्ति के लिए, कब मानव शरमाय।।

238.

देवनागरी ज्ञान कम, ए बी सी पर नाज।
निज भाषा तो सीख ले, फिर बनना सरताज।।

239.

अपने–अपने मीत से, क्यों रखते दुर्भाव।
दोनों ही थोड़े झुको, ठहरेगा सद्भाव।।

240.

पंचतत्व जी देह में, पाँच गुणों का वास।
समरसता इनमें रहे, बनो न इनके दास।।

241.

दिल्ली वाला दिल नहीं, अब तो तेरे पास।
छोड़ आपने राज को, लगीं दूर की आस।।

242.

चातक ताके चाँद को, बिन स्वारथ है प्रीत।
कहाँ चंद्रमा देखता, रही चांदनी जीत।।

243.

जीकर पाया जिंदगी, हमने तेरा हाथ।
देह त्यागकर पाऊँगी, ईश तुम्हारा साथ।।

244.

संचय इतना कीजिए, सहज गुजारा होय।
अति बुरी हर चीज की, चैन न पाय कोय

245.

झूमर, कंगन, कोंधनी, सब हो गए उदास।
जब तक पिय तुम फौज में, रखती हूँ बस आस।

246.

मिर्ची से लगने लगे, अब तो उनको बोल।
जब वोटों को माँगते, फिरे बजाकर ढोल।।

247.

आजादी थी प्रेमिका, प्रेमी उसके वीर।
फाँसी पर चढ़कर मिली, थी ऐसी तकदीर।

248.

रे पागल! तू मस्त है, लगे भूख ना प्यास।
सड़क किनारे सो रहा, रही न कोई आस।।

249.

दुनिया दारी देखकर, हो गई चिंता युक्त।
मुझसे तो पागल, भला जीवन हो उन्मुक्त।।

250.

रोम–रोम में देश की, भक्ति रही भरपूर।
नमन् करूँ निज देश को, आँखों में है नूर।।

251.

दिल दिल्ली सा हो मेरा, तन हो देहरादून।
गोवा, जैसी प्रीत हो, मन का प्यारा जून।।

252.

ये छात्रों से नेह ही, कमजोरी की बात।
वैसे मैं मजबूत हूँ, नाजुक हैं जज्बात।।

253.

साहिब जी सुन लीजिए, मेरी भी कुछ बात।
रपट लिखी कब आपने, जिस्म लुटा कल रात।

254.

अनुशासन तोड़ो नहीं, बच्चो सुन लो आज।
जो अनुशासन में रहे, रहता उसका राज।।

255.

पत्थरबाजी कर रहे, मात्र चुनिंदा लोग।
सेना से साजिश करें, खाकर छप्पन भोग।।

256.

कल की ही तो बात है, जकडा था जंजीर।
नेता बन अब खा रहा, हलुवा पूरी खीर।

257.

जब मौसम प्रतिकूल हो, सहन करो खुश होय।
विषम अवस्था झेलकर, काबिल हो हर कोय।।

258.

कर पाऊँ यदि वंदना, भारत भू की आज।
जन्म सफल होगा तभी, मुझको भू पर नाज।।

259.

उद्यम बिन मिलता नहीं, कभी सफलता मन्त्र।
आलस का परित्याग कर, करो स्वयम् का तंत्र।।

260.

मात्र किताबी ज्ञान से, कब होता उद्धार।
व्यवहारिक बन कर रहो, त्यागो मत घर बार।।

261.

दूध दही पीयो सभी, पियो न शीतल पेय।
उनमें शीतलता नहीं, मानो उनको हेय।।

262.

लाज न आई आपको, खाया सैनिक भोज।
फौजी भूखे लड़ रहे, आप उड़ाते मौज।।

263.

पुष्प बिखेरूँ राह में, जिस पथ सैनिक जाय।
उनकी सहयोगी बनूँ, खुशबू महकत आय।।

264.

घायल पंछी देखकर, हमने किया इलाज।
तुरत शिकारी आ गया, बनकर के जाँबाज।।

265

झोंपड़ियों में रह रहे, कितने ही मजदूर।
मेहनत करते रात दिन, आँखों में है नूर।।

266.

बाज कबूतर खा रहे, कहाँ अमन की आस।
निर्दोषी हैं कैद में, बढ़ी शत्रु की प्यास।।

267.

तू चिड़िया है चुलबुली, मस्त तुम्हारे बोल।
बाज दूर से तक रहे, मस्ती में मत डोल।।

268.

जमघट शहरों में लगा, रैली करते आज।
एम्बुलेस अटकी रही, रोगी करे आवाज।।

269.

सुबह शाम तो आप भी, खूब उड़ाते भोज।
जिम में जाकर स्वास्थ्य की, करते देखे खोज।।

270.

कटुक बचन बोलन लगे, इक दिन सजन हमार।
मैं जज्बाती हो गई, उलटी देख बयार।।

271.
समय चक्र कब एक सा, रहता है श्रीमान!
समझौता यदि कर लिया, खुशी पाय इंसान।।

272.
कर्म–कर्म का भेद हैं, धर्म–धर्म के संग।
पर्व–पर्व पर वेदना, शर्म–शर्म से दंग।।

273.
तुम शिव बैठे शैल पर, इधर ताकते लोग।
मंदिर में बम–बम कहें, भक्त लगाते भोग।।

274.
शिव चौदस के पर्व की, महिमा रही अपार।
बम भोले के गूँज से, गूँज उठा दरबार।।

275.
करे शैलजा प्रार्थना, शिव पाऊँ भरतार।
करती निर्जल साधना, शक्ति दे करतार।।

276.
महके खुशबू पुष्प में, देख न पाए कोय।
गंध महकती शान से, अचरज होता मोय।।

277.

योग बनाए स्वास्थ को, सेहत सुन्दर होय।
सात्विक भोजन कीजिए, रोग न लागै कोय।।

278.

राम नाम की नाव में, बैठो होकर मस्त।
भोग विलासों में फंसे, हो जाओगे त्रस्त।।

279.

गाय घूमती हैं राह में, कुत्ता एसी सोय।
तनिक लजावत है नहीं, खुद भी कुत्ता होय।।

280.

चैन भूलकर हो गए, आप यहाँ बेचैन।
धीरज रख कर पाएगा, मनवा तेरा चैन।।

281.

नमन सूर्य भगवान को, रोशन है संसार।
जगमग पूरा जग हुआ, सबका है आभार।।

282.

राही पूछे राह में, कहाँ सड़क ये जाय।
हमने हँसकर कह दिया, यहीं पड़ी इतराय।।

283.

क्यों रे मधुकर, तू बता काहे घूमे आज।
पुष्पों की श्रंखला, देती है आवाज।।

284.

मोती सागर में बसे, रहे सीप में बंद।
जिसकी किस्मत में लिखा, पाएगा निर्द्वन्द्व।।

285.

तन तो पाहन हो गया, करे अहिल्या आस।
राम चरन लग जाऊँगी, जब जाएँ वनवास।।

286.

रोज बहस करते रहे, किया नहीं सम्मान।
शांत चित्त है आपना, नहीं हमें अभिमान।।

287.

दिन भर पत्थर तोड़ती, लाल धूप में सोय।
मालिक तन को घूरता, काम करत में रोय।।

288.

काश्मीर में नौकरी, यूपी में घर बार।
टुकड़ों में ही बँट गया, सैनिक का परिवार।।

289.

बिटिया जब तू आएगी, मन में भरे उमंग।
हर्षित मन मचले मेरा, जैसे पी हो भंग।।

290.

दिलवालों की दावतें, बेशक नामंजूर।
देश प्रेम की भावना, अपनी चाह हुजूर।।

291.

पुलकित धरती हो गई, वर्षा करती काज।
पेड़ों में मस्ती भरी, खूब विहँसते आज।।

292.

कलम निहारे वर्ण को, वर्ण निहारे मोय।
भावों का गर साथ हो, सुन्दर कविता होय।

293.

अनदेखी करते रहे, अपने अफसर रोज।
कुछ भूखे ड्यूटी करें, कई उड़ाते भोज।।

294.

पट्टी बाँधी पेट पर, हाथों में बंदूक।
सैनिक के दिल में उठी, देश धर्म की हूक।।

295.

ओ हलधर! तू जान ले, इस चुनाव का रंग।
जो खेती में साथ दे, जाना उसके संग।।

296.

दो पैसे की नोकरी, करते रहो जरूर।
बिन लक्ष्मी के हर समय, दुविधा रहे हुजूर।।

297.

आरक्षण को मांगकर, किया शर्म का काम।
आम व्यवस्था हो गई, मित्रो अब नाकाम।।

298.

जाट जाति तो वीर है, करो परिश्रम रोज।
आरक्षण को माँग कर, खड़ी करो ना फौज।।

299.

'प' पकार में दिख गया, जीने का आधार।
प्रेम, परिश्रम, प्रेरणा, ये जीवन का सार।।

300.

जल में पत्थर फेंक कर, सोच रहे क्या यार।
पत्थर ऊँचा कब उठा, लहरें उठीं अपार।।

301.
कल से पेपर आ गए, हो जाएंगे व्यस्त।
अगर पढ़ेंगे ध्यान से, नंबर आएं मस्त।।

302.
कुर्सी कोने में पड़ी, दुखी हो रही आज।
सोफे की अब मौज है, कुर्सी करती लाज।।

303.
नारी क्यों बिंदिया तजी, क्यों आधुनिक होय।
वैवाहिक पहचान तज, लाज न आवै तोय।।

304.
पायल पैरों से कहें, हमसे सजते आप।
पैर कहें चुभती रहीं, झेलूं मैं संताप।।

305.
मन मधुशाला हो गया, संयम होता त्रस्त।
काम क्रोध कंचन बने, अवगुण होते व्यस्त।।

306.
क्यों बिसराए आपने, अब अपने भगवान।
काम अमंगल हो गए, ध्यान धरे श्रीमान।।

307.

एक पल चिंतित मत रहो, दो खुद को विश्राम।
तीन दिवस के बाद फिर, भजने होंगे राम।।

308.

रहिमन तुमने नेह से, सींचे दोहे खूब।
सदियों से सबने पढ़े, तनिक न पाए ऊब।।

309.

ओ री! दौलत सुन हमें, मोह रही क्यूँ आज।
एक ठौर रुकती कहाँ, चंचल है अंदाज।।

310.

अब उनको लगने लगा, उत्पीड़न का रोग।
कल तक जो करते रहे, नंदनवन में जोग।।

311.

धरती से उत्पन्न हैं, जग के सारे जीव।
हरियाली कायम रखो, पलकर बने सजीव।।

312.

कुमकुम टीका माथ पर, दुलहिन सजा शरीर।
दो नैना बुनते सपन, महके मधुर समीर।।

313.
रिश्ते का करके दमन, मोबाइल मुस्काय।
देखो मैंने शौक में, मनुज लिया ललचाय।।

314.
गर मोबाइल प्रीत है, तो फिर खतरा जान।
इस बैरी की प्रीत से, रिश्ते है वीरान।।

315.
जुआ खेलकर रात दिन, युवक जुआरी होय।
दो पैसे की नौकरी, मिल ना पाई तोय।।

316.
जिह्वा यदि ज्यादा बढ़े, जूती खाए कपाल।
अक्षर बोलो तोलकर, बनो नहीं वाचाल।।

317.
कुटिया सूनी देखकर, रावण घात लगाय।
सिया अकेली देखकर, दैत्य रहा मुस्काय।।

318.
वैवाहिक उत्सव सजा, पुलके सबके अंग।
नृत्य और गायन करें, बाजे झाँझ मृदंग।।

319.

कटु वचनों की पोटली, दूर फेंकिए जाय।
चुभे ह्रदय में तीर से, हमको नहीं सुहाय।।

320.

जैसा हो परिवेश तब, वैसी करिए बात।
मरन समय शहनाई को, कैसे सहे समाज।।

321.

कह कुम्हार माटी भली, नव आकृति बन जाय।
पके कुम्भ आकार कब, अपने बदलन पाय।।

322.

कटुक करेला नीम पर, और कटुक बन जाय।
अवगुण बढ़ें कुसंग में, सत्संगति गुण लाय।।

323.

गौ माता का दूध ही, है पौष्टिक आहार।
पाला जब तक दूध था, दूध बिना लाचार।।

324.

इक छोटी सी बात पर, खूब मचाया शोर।
सहन करूँ संयम धरूँ, होगी सुंदर भोर।।

325.

आरक्षण की आग में, तू मत रोटी सेक।
क्या खुद पर विश्वास है, तू है बंदा नेक।।

326.

खेतीबाड़ी में मगन, मेहनत करे किसान।
सूखा पड़कर हो रहा, दुखी वही इंसान।।

327.

माँ पापा को त्यागकर, बेटा गया विदेश।
अंत समय पर दूर था, मिला सिर्फ सन्देश।।

328.

उदर पूर्ति ही लक्ष्य था, तोड़े पत्थर खूब।
फिर निकाह की चाह में, छोड़ गए महबूब।।

329.

राम नाम उल्टा जपा, गए भक्ति में डूब।
रामायण रचना करी, वाल्मीकि ने खूब।।

330.

उत्पादन की चाह में, लगी कंपनी आज।
पेड़ काटकर रख दिए, ये कैसा अंदाज।।

331.

मेरी चिंता मत करो, जाओ तुम परदेश।
रक्षा करना देश की, बचा रहे निज देश।।

332.

देख कबूतर दंपति, मन में खुशी अपार।
प्रेमपूर्वक नीड का, करते हैं विस्तार।।

333.

कोकिल तू तो बावरी, क्या तेरा स्नेह।
अंडे दूजे घर दिए, शावक त्यागे नेह।।

334.

श्वान खड़ा है द्वार पर, इक रोटी की चाह।
उसके हक का अन्न है, तेरी रसोई माँह।।

335.

अपनी ढपली राग हैं, अपने अपने काम।
आज स्वारथ भर रहा, रहो सभी निष्काम।।

336.

एक्शन में शासन हुआ, बंद किए दुष्कर्म।
नाजायज धंधे हटे, अपराधी हैं नर्म।।

337.

बढ़ती मुश्किल देखकर, पंछी भरे उड़ान।
आरी लेकर आ गए, काटे वन इंसान।।

338.

कागा तू क्यूँ बोलता, शाम ढले नादान।
आएँगे क्या शाम को, मेरे घर मेहमान।।

339.

भक्त निहारे मूर्ति, दो दर्शन भगवान।
मात पिता को देख लो, मिलते चारों धाम।।

340.

सबके मन में नेह हो, आपस में विश्वास।
प्रेम डोर में बंध रहो, दिन रैना हों खास।।

341.

अपनी चादर देख लो, तभी पसारो पांव।
खर्चे बिन समझे किए, लगते देखे दांव।

342.

भूकंपों का सामना, कैसे करे समाज।
भूमि खोदी जा रही, हुई खोखली आज।।

343.

पिज्जा, बर्गर टिक्कियाँ, खाकर हुए जवान।
इक मुक्के का दम नहीं, सिगरेट से बलवान।।

344.

नीम पत्तियाँ खाइए, दिन में इक दो बार।
शुगर भगे बिन औषधि, बात मान लो यार।।

345.

फैशन के पुतले बने, भूल गए संस्कार।
नैतिकता गायब हुई, बेशक बैठे कार।।

346.

आज परीक्षा केंद्र में, मिले नकलची चार।
छापा आया बोर्ड का, पर्चों की भरमार।।

347.

रिश्तों को महका गई, दो प्यारी सी बात।
मोबाइल ने कर दिए, बेकाबू जज्बात।।

348.

रिश्वत की दौलत मिली, खाकर झूमे यार।
इक दिन, दो दिन, चार दिन, जब निबटे बेकार।।

349.

दान दक्षिणा सब मिली, कारें मिली अनेक।
पेट रिक्त फिर भी रहा, मिले कमाई नेक।।

350.

वटवृक्षों की छाँव में, पले बड़े परिवार।
अब तो एकल हो गए, बढ़ी और अब रार।।

351.

जियो फोन जबसे मिला, दिखे अनूठे रंग।
नेट मुफ्त है मित्र अब, जमा रहे है रंग।।

352.

आबादी है बढ़ रही, साधन घटते आज।
रोक लगी ना शीघ्र तो, होंगे मुश्किल काज।।

353.

भारत में होने लगा, आबादी विस्फोट।
संसाधन सीमित करें, सुविधाओं पर चोट।।

354.

अभिनंदन की आरती, करता भारत देश।
आने का संदेश सुन, बदल गया परिवेश।।

355.

अभिनंदन के मायने, बदल गए श्रीमान।
पवन पुत्र के नाम से, अब होगी पहचान।।

356.

आतंकी पहचान है, जहरीला परिवेश।
पुलवामा को देखकर, दिया पाक संदेश।।

357.

अभिनंदन है जानता, नहीं बताना भेद।
अपनों ने बतला दिए, इसी बात का खेद।।

358.

टुकड़े–टुकड़े गैंग ने, किया देश कमजोर।
जो बहकावे में रहे, चले न उन पर जोर।।

259.

देशभक्त की खूबियाँ, देखो आज जनाब।
था दुश्मन की कैद में, दिया न ठीक जवाब।।

360.

भारत को कमजोर कर, करते कारोबार।
कुछ लोगों ने आजकल, बना लिया व्यापार।।

361.

सकल विश्व है बंधु सम, धरणी है परिवार।
तेरा मेरा क्या करे, क्षण भंगुर संसार।।

362.

एक पायलट कैद कर, करते हम भी सोच।
सौ देने होंगे तुम्हें, आई अगर खरोच।।

363.

अभिनंदन धीरज धरो, आएँगे जाँबाज।
वो पूछेंगे आपसे, मत बतलाना राज।।

364.

तू आतंकी मान जा, मत बन हमलावार।
नस्ल मिटाने के लिए, सैनिक हैं तैयार।।

365.

पाक नहीं नापाक हो, कहती हूँ बेबाक।
सुधरेगा अब तू नहीं, कर्म करे नापाक।।

366.

पुलवामा का हादसा, सिखलाता है सीख।
जयचंदों को आज भी, मिल जाती है भीख।।

367.

वीर हरि सिंह शेर था, लड़ा शत्रु से खूब।
कुर्बानी देकर गया, देशभक्ति में डूब।।

368.

दुख–दर्दों से दूर हो, मेरा घर परिवार।
रीत–प्रीत कायम रहे, स्वर्ग बने घर द्वार।।

369.

पूरा हिंदुस्तान ही, है मेरा परिवार।
प्रादेशिक अंतर कहो, क्यों बनता है रार।।

370.

पूरे भारतवर्ष में, रहते धर्म अनेक।
इक दूजे के धर्म को, माने सब अतिरेक।।

371.

संस्कारों से पल्लवित, मेरा घर परिवार।
सद्गुण के अंकुर यहाँ, लेते हैं आकार।।

372.

परिवारों के मेल से, विकसित होते देश।
ईंट–ईंट से घर बने, घर–घर से परिवेश।।

373.

आरक्षण का भूत भी, बहुत बुरा है मित्र।
वो धरने पर बैठकर, लगा रहे हैं इत्र।।

374.

माथे बिंदिया सज रही, सिंदूरी है मांग।
यौवन मद से पूर्ण है, मानो पी हो भांग।।

375.

चाँद निहारे शून्यता, धरिणी धरती धीर।
पेड़ घटे गर्मी बढ़ी, जनता सहती पीर।।

376.

चाँद मान जा दूर हट, मत कर मुझसे प्रीत।
तू आवारा घूमता, नहीं निभेगी रीत।।

377.

चुनमुन चंदा से कहे, आओ मामू जान।
रोज निहारूँ राह मैं, तुम मामा अनजान।।

378.

पाँच पांडवों की वधू, बनी द्रौपदी नार।
लाज बचाने में विफल, बढ़ी व्यर्थ में रार।

379.

द्यूत खेल में हारकर, पांडव थे बेहाल।
वस्तु बना दी द्रोपदी, जीना हुआ मुहाल।।

380.

कृष्ण रखेंगे लाज अब, पांचाली की चाह।
पाँचनाथ किस काम के, सब हैं बेपरवाह।।

381.

जो फैशन से दूर है, लोग समझते दीन।
जो ज्यादा फैशन करें, कहलाते मति हीन।।

382.

फैशन देवी मल्लिका, कपड़ों से नाराज।
इज्जत की धज्जी उड़ी, ना कल थी ना आज।।

383.

सुन रे फैशन! तू बता, क्यों रहता इतराय।
प्रतिदिन बदले ढंग तू, सबकी मति भरमाय।।

384.

मुश्किल जीवन बन गया, रहा ठिठुर मजदूर।
फैशन रिपु जैसा लगे, ज्यों खट्टे अंगूर।।

385.

अभिनेत्री अभिनय करे, फैशन उसका मीत।
आम युवतियाँ गर करें, कहते उल्टी रीत।।

386.

तड़क–भड़क फैशन किया, मलती झंडू बाम।
बूढ़ी घोड़ी जा रही, लेकर लाल लगाम।।

387.

शब्दों में बेचैनियाँ, वाक्यों में परिहास।
माँ वाणी दोहे लिखूँ, होवें खासमखास।।

388.

शब्दों के झुरमुट यहाँ, मिलकर करें धमाल।
नित्य नई रचना बने, कविगण करें कमाल।।

389.

खींचातानी हो रही, किया नवीन विचार।
संसद में गर्मा गया, आरक्षण का प्यार।।

390.

मंदिर के निर्माण को, हुए विचार–विमर्श।
सबके मालिक रामजी! मंदिर हो आदर्श।।

391.

नशा किशोरों में बढ़ा, बनी चरस व्यापार।
उपजी देशी खेत में, कैसी खर पतवार।।

392.

बेकसूर हैं जेल में, हमको होता रोष।
पल भर में ठहरा दिया, निर्दोषों में दोष।।

393.

पंचतत्व की देह में, दुर्गुण करते वास।
हम इन को काबू करें, बनें न इनके दास।।

394.

जीवन जैसे बुलबुला, मत मानव इतराय।
काया माटी से बनी, माटी में मिल जाय।

395.

मन मथुरा, तन द्वारिका, श्याम गए तज मोह।
उधौ तुम भेजे भले, करने श्याम बिछोह।।

396.

इस शरीर के गेह में, शत्रु बसे हैं पाँच।
इन पर संयम जो धरें, तन पर लगे न आँच।।

397.

लक्ष्मी जी हैं चंचला, मनमोहक हैं ढंग।
आज यहाँ कल जाएँगी, किसी दूसरे संग।।

398.

वंदे मातरम याद रख, इसमें भारत सार।
भारत भू का मान कर, पाएगा विस्तार।।

399.

कसरत करते रोज हम, तन–मन रहता स्वस्थ।
बाहर का भोजन किया, देह हुई अस्वस्थ।।

400.

कचरे में बिटिया मिली, देह नोंचते काग।
त्यागी लक्ष्मी आपने! जागें कैसे भाग।।

401.

आए हैं तो जाएँगे, राजा, रंक, फकीर।
अमर नहीं है एक भी, बेशक होय अमीर।।

402.

इसकी, उसकी, आपकी, क्यों मैं कर लूँ बात।
काया में दुर्गुण बसे, संभले कब जज्बात।।

403.

तंज द्रौपदी ने किया, दुर्योधन पर आज।
बदले की थी भावना, घटी सभा में लाज।।

404.

इसी तरह घटता रहा, जनसंख्या अनुपात।
कुछ वर्षों में देखना, द्रौपदि से हालात।।

405.

याचक जैसी द्रौपदी, फैला दोनों हाथ।
भ्रात कृष्ण से माँगती, आज निभाओ साथ।।

406.

सूर जयंती आपकी, हमको हर्ष अपार।
ज्ञान रश्मियाँ कर रहीं, छवि आज साकार।।

407.

तुलसी की मानस लगे, हमको वेद समान।
कलयुग में चौपाइयाँ, देती हमको ज्ञान।।

408.

मानस में वर्णित किए, तुमने विषय अनेक।
रहा अछूता कुछ नहीं, सबकी सीमा नेक।।

409.

कंचन काया काँपती, वहशी देख अनेक।
बिटिया पढ़कर लौटती, घूरें नजर अनेक।।

410.

आत्मसमर्पण कर गए, आतंकी इस बार।
छोड़ सकें हथियार तब, मिटे देश की रार।।

411.

भ्रष्टाचारी मान जा, बदल कलुष वर्ताव।
यही समर्पण बावरे, लाएगा बदलाव।।

412.

बिना पढ़े क्या पाएगा, व्यर्थ घूमता छात्र।
फीस बिगाड़े तात की, पात्र हुआ कुपात्र।।

413.

कुछ पाए कुछ खो गए, तेरे पुराने यार।
अपनेपन में डूबकर, खूब किया इकरार।।

414.

जयचंदों ने भर दिया, भारत में विद्वेष।
नहीं समर्पण भावना, कैसे बचे स्वदेश।।

415.

अर्बन नक्सलवाद है, देशद्रोह का जाल।
कहाँ समर्पण बच रहा, द्रोही मालामाल।।

416.

मैच फिक्स था रात का, जीत गए इस बार।
कुछ काबिल थे कुछ हुए, खेलन से लाचार।।

417.

राणा जैसी वीरता, शौर्य समर्पण ओज।
नहीं ढूँढ़ने से मिले, खोज सके तो खोज।।

418.

कर्म बनाए जिंदगी, कर्म बिगाड़े खेल।
जो इनका अनुपात हो, नहीं रहे बेमेल।।

419.

काश समर्पण भावना, बढ़े मुल्क में आज।
काश्मीर कहलाएगा, देशभक्ति का राज।।

420.

रहो समर्पण रूप से, तुम स्वदेश में मस्त।
सद्कर्मों की छाँव में, हम जीते अभ्यस्त।।

421.

करें समर्पण नक्सली, छोड़–छाड़ हथियार।
निज स्वारथ की चाह में, करें व्यर्थ तकरार।।

422.

दुग्धपान करते समय, रही गाय की याद।।
गोवंशों को छोड़कर, हुए आज आजाद।

423.

भाव समर्पण का दिखा, शबरी ने दिल मध्य।
अवलोकन प्रभु ने किया, पढ़ा नेह का गद्य।।

424.

सैनिक सीमा पर डटे, लिए समर्पण भाव।
दूर कुटुम्बों से रहें, बलिदानों का चाव।।

425.

पुत्र अगर हो बेअकल, कर देता बर्बाद।
अक्लमंद बेटा करे, घर भर को आबाद।।

426.

निम्न उच्च और मध्य का, समरस हो अंदाज।
रखे समन्वय सब अगर, सुदृढ़ होय समाज।।

427.

क्यूँ दम भरता आज तू, दबंगई का मित्र।
सवा सेर जिस दिन मिले, बदले उस दिन चित्त।।

428.

भजन गायकी ने किया, जिनका जग में नाम।
आज सुर्खियाँ कर गईं, अफवाहों का काम।।

429.

आकस्मिक जब मौत हो, बिखर जाय परिवार।
मुखिया की मानें नहीं, थमे कहाँ से रार।।

430.

हिरनी सी आँखें लगे, नाजुक बदन कपास।
ओ मतवारी धैर्य रख, आएगा मधुमास।।

431.

कहे जाटनी मान जा, करे रोज की रार।
बँधन मैं झेलूँ नहीं, बिछुए पड़े हजार।।

432.

देवनदी के घाट पर, मत फैलाओ गन्द।
जो कोई ऐसा करे, कहलाता मतिमन्द।।

433.

चलो बुलावा आ गया, माँ गंगे का आज।
मात महर करना सदा, पूरे करना काज।।

434.

ऋतु वसंत के माह में, मिलकर गाओ फाग।
तुमको तो वो फाग है, लगे उन्हें अनुराग।।

435.

मात–पिता की सुश्रुषा, करके मिले सुकून।
जब तक जीवित दो जने, सेवा बनी जुनून।।

436.

बूढ़ी आँखे रो रहीं, डगमग होते पाँव।
चलने को लाचार हैं, टिके पेड़ की छाँव।।

437.

शबनम तू मेहमान सी, तनिक देर को आय।
सूर्यकिरण तेरी सखी, संग लिवा ले जाय।।

438.

पुष्प पात से झर गया, टहनी रुदन मचाय।
बिना समय के टूटना, हिये टीस दे जाय।।

439.

रहे आपके शीश पर, माँ लक्ष्मी का हाथ।
धन बरसे घर–द्वार में, हो गणपति का साथ।।

440.

झम झम वर्षा हो रही, मेघ गरज चहुँ ओर।
मन मयूर नर्तन करे, चोर मचाए शोर।।

441.

सन्त करें आदेश अब, करो भव्य निर्माण।
तंबू में कब तक रहें, जो संधाने बाण।।

442.

तू चन्दा है बावरा, जो जागे हर रात।
नींद नयन में भर रही, मन में हैं जज्बात।।

443.

जामुन सा भौरा लगा, तोड़न की थी चाह।
भौचक रह गई देखकर, उड़कर पकडी राह।।

444.

कृष्ण भक्ति में लिख गए, तुम रहीम रसखान।
अब लड़ते हैं धर्म पर, एक कहाँ इंसान।।

445.

नक्सलियों से प्रेम है, देश द्रोह से प्रीत।
क्या चुनाव का सामना, करके होगी जीत?

446.

देश पुकारे राम को, राम लगाएं आस।
आऊँ मैं कैसे यहाँ, मेरा कहाँ निवास।।

447.

कुछ क्रूरों ने लूटकर, खाया स्वर्णिम देश।
तोड़ मूर्तियाँ ईश की, बदला था परिवेश।।

448.

सनातनी है देश में, भले जनों की सोच।
कल जो परिवर्तित हुए, जीने में संकोच।।

449.

तू स्वदेश मत सोचना, दुर्गुणियों के नाम।
कामी हैं आराम से, निष्कामी बदनाम।।

450.

कृष्ण ज्ञान के सार थे, दिये अमिट सन्देश।
राह दिखाते आज तक, गीता के उपदेश।।

451.

अवसर पाकर राम ने, किया धनुष संधान।
रावण की नाभी लखी, मारा कसकर बाण।।

452.

आम बात तो है नहीं, बिन दहेज के ब्याह।
ऐसी शादी जो करे, उसकी होती वाह।।

453.

इसकी–उसकी, आपकी, क्यों मैं करलूँ बात।
जो अपने पर बीतती, वही सत्य जज्बात।।

454.

ईख तने में मधु रहे, काँटे कीकर माँह।
जाके हिये जैसी छवि, तैसी वाकी छाँह।।

455.

उपवासों से पेट को, मिले बहुत आराम।
आम दिनों के भोज से, मुश्किल बढ़ें तमाम।।

456.

ऊपर–नीचे देखकर, चोर गया सकुचाय।
पुलिस खड़ी बतला रही, भगना नहीं उपाय।।

457.

चखे हुए भी खा लिये, शबरी तेरे बेर।
राह तकी तो आ गये, राम करी ना देर।।

458.

एक बात देखी अजब, राजनीति के बीच।
बेशक कमियाँ हों न हों, निंदा करते नीच।।

459.

पाहन नारी बन गया, चरण छुए रघुनाथ।
आकर पुनः विराजियो, सबके दीनानाथ।।

460.

ओ री जिव्हा!, धैर्य रख, खाद्य देख ललचाय।
पेट जलन से तप रहा, तुझको चैन ना आय।।

461.

औरत औचक रह गई, देख चोर का कर्म।
चैन खींचकर भग गया, रहा दीन न धर्म।।

462.

अंगूरों की चाह में, रही लोमड़ी खूब।
उछल–कूदती ही रही, खाय रहे महबूब।।

463.

कलम लिखो इतना सरल, समझ सके सब कोय।
क्लिष्ट बात लिखना नहीं, पढ़कर दुविधा होय।।

464.

खत लिखना भूले सभी, किया फोन ने व्यस्त।
अरे डाकिए! मौज कर, क्यों होता है त्रस्त।।

465.

समय रोक लूँ कब रुके, समय करे तकरार।
कभी एक सा कब रहा, वक्त बना सरकार।।

466.

घर मिट्टी का ही भला, रहता शीतल मित्र।
ए. सी. कूलर क्या करे, देते शीत विचित्र।।

467.

चकरी घूमी जोर से, चक्कर खाए देह।
माला डाले वर–वधू, बरसे कंचन मेह।।

468.

छप्पन भोगों से लगे, बालाजी का भोग।
भक्त भक्ति से झूमते, अद्‌भुत है संयोग।।

469.

जग में जो आया गया, रहा न कोई जीव।
तेरा–मेरा क्या करे, ले जाएगा पीव।।

470.

झण्डे की ऊंचाइयाँ, मुझको जँचती खूब।
आज तिरंगा कर रहा, जश्न ओज में डूब।।

471.

टमटम भूले आज सब, ना पैदल का काज।
मेट्रो का अब वक्त है, आज इसी पर नाज।।

472.

ठौर–ठिकाना खोजकर, तोता बैठा पेड़।
जंगल तो गायब हुए, कहाँ बची हैं भेड़।।

473.

डमरू की आवाज दो, जागें भोलेनाथ।
हुए साधना लीन अब, कौन प्राण का नाथ।।

474.

ढपली अपनी ही बजी, अपने बाजे राग।
जो करना है काज कुछ, मूरख मनवा जाग।।

475.

तकती देखी राह को, उस फौजी की नार।
सीमा पर चौकस खड़ा, बढ़ी पाक से रार।।

476.

थपकी देती लाल को, मजदूरन लाचार।
धरती पर सोता रहा, भरती ईंटें गार।।

477.

दरवाजे पर श्वान था, रोटी की दरकार।
बलि दहेज की चढ़ गई, भोज बनाती नार।।

478.

धन–दौलत की चाह में, तितली घूमी खूब।
देह वसन बिन कर गया, अय्याशी में डूब।।

479.

नाना–नानी का हिया, होता भावुक खूब।
नाती खेले गोद में, गया खुशी में डूब।।

480.

पवन चली पत्ते झरे, नग्न हो गया पेड़।
ऋतु वसन्त भी आ रही, कहे पेड़ से भेड़।।

481.

फल खाले अब मान जा, मत पी यार शराब।
पीने से रौनक घटे, बढ़े फलों से आब।।

482.

बकरा बैठा सोचता, ईद आ गई पास।
काश!चाँद निकले नहीं, बच जाएगी साँस।।

483.

भोला–भाला चाँद है, निश्छल उसकी सोच।
बेचारा ओंधा गिरा, हुई पैर में मोच।।

484.

मटकी भरके आ रही, पनिहारिन नादान।
पैर फिसल नीचे गिरी, पर्दे में थी जान।।

485.

यमदूतों ने घेर ली, आखिर उसकी जान।
कंगाली ने कब किया, विधवा का सम्मान।।

486.

रंगीली फुलकरियाँ थीं कुरते में खूब।
निर्मोही ताके बदन, गई सोच में डूब।।

487.
लव–कुश दोनों भ्रात थे, किया पिता पर वार।
माता की खातिर लड़े, दिखा राम को प्यार।।

488.
वजन घटाले मान जा, मत तू बर्गर खाय।
पिज्जा में क्या खाक है, मूरख मन भरमाय।।

489.
शलगम, मूली, खाय के, मत घूमो बाजार।
उदर मचाये शोर तब, हो जाओ लाचार।।

490.
वृक्ष काट मत मान जा, ओ पागल! इंसान।
साँस लेन को न् रहे, जल ना रहे जहान।।

491.
सरपट भागे रात भर, उन चोरों के पाँव।
पुलिस पड़ी पीछे बहुत, हुए पाँव में घाव।।

492.
तकली तू क्यूँ गुम हुई, सूत कातना छोड़।
सामाजिक परिवेश लख, लिया रास्ता मोड़।।

493.

क्षत्रिय देखे खूब पर, देख जाट के ठाठ।
सीमा पर मुस्तैद है, लड़े खाट पर जाट।।

494.

त्रिभुवन के स्वामी सुनो, मेरी एक पुकार।
सबके मन निर्मल करो, रहे न कोई रार।।

495.

ज्ञानवान को चाहिये, पूरा रहे विवेक।
जाति–धर्म को भूलकर, विकसें गुण अतिरेक।।

496.

याचक देखो द्वार पर, मत करना अपमान।
उसके हक का अन्न है, पास तेरे नादान।।

497.

वाल्मीकि ने रच दिया, रामायण सा ग्रंथ।
सकल विश्व में पढ़ रहे, जिसे अनेकों पंथ।।

498.

राम–राम का जाप कर, वाल्मीकि हर्षाय।
राम कृपा इतनी हुई, रामायण रच पाय।।

499.

कामधेनु सी गाय को, मत बिसराओ आप।
दूध गुणों से युक्त है, पियो कटोरा नाप।।

500.

जेसीबी चलने लगी, झोपड़ियों पर आज।
नए–नए नेता बने, करें निराला राज।।

501.

धनदौलत की रोशनी, लुभा रही अनजान।
देख संभलकर जा वहाँ, लगा सही अनुमान।।

502.

रहे नम्रता देह में, रौनक हो मन माँह।
लव–कुश जैसा नेह हो, हो पीपल सी छाँह।।

503.

वाई–फाई ने किया, नेट गती को तेज।
डाउनलोडिंग बढ़ गईं, दिये वाट्सप भेज।।

504.

जेड सुरक्षा मिल गयी, नेता अब हर्षाय।
मुफ्त मलाई खा रहे, खावत नहीं लजाय।।

505.

धारा हटती हट गई, एक हो गया देश।
काश्मीर घाटी सजी, बदल गया परिवेश।।

506.

बीस कोस तक घूम कर, देखी बात विशेष।
गोवर्धन पर है बहुत, राधे के गणवेश।।

507.

सत्ता तेरी कामना, करते नेता रोज।
कर्म घटे इच्छा बढ़ी, करें मौज की खोज।।

508.

डींग मारता आ गया, वो पंचायत बीच।
किया पंच ने फैसला, रेखा सच की खींच।।

509.

इसकी दुविधा देखकर, उसका उतरा रंग।
गिरगिट की जैसे लगे, दो मित्रों के ढंग।।

510.

नायक टावर पर चढ़ा, पीकर खूब शराब।
देख बसन्ती डर गई, मौसी भूली ख्वाब।।

511.

जीजी मेरी आ गई, लिए नारियल हाथ।
खूब दीखता नेह है, खूब निभाते साथ।।

512.

जिस दिन आएगा यहाँ, कुशासन का राज।
सभी धरा रह जाएगा, काबिल तेरा समाज।।

513.

चार सखी पनघट चलीं, राजस्थानी रीत।
छम–छम की आवाज सुन, गाती कोयल गीत।

514.

जेवर, आभूषण लगें, मुझको केवल बोझ।
बनी सादगी की सखी, करूँ शांति की खोज।।

515.

केवल देशी भोज में, संतुलन गुण होय।
खाय विदेशी भोज को, मूढ़ पकड़ कर रोय।।

516.

पुष्प प्रेम के दूत हैं, कंटक देते घाव।
एक बाँटता प्रीत तो, एक लगाता दाव।।

517.

एम्स दे रहे आजकल, बीमारों को लाभ।
सुविधाएँ भरपूर हैं, तकनीकी नायाब।।

518.

ऐनक लेकर हाथ में, गुनगुन दौड़ी आय।
दादी को दिखता नहीं, ठोकर ना लग जाय।।

519.

वर्षा रानी आ गई, बूँदें भरकर गोद।
हर्षित कोकिल बावरी, मेंढक करे प्रमोद।।

520.

पीकर मदिरा से हुआ, उसका तन कंकाल।
औंधे मुँह गिरकर हुआ, बड़ा कंगली हाल।।

521.

क्यूँ तेरी अनबन हुई, महबूबा के साथ।
हुआ पर्स खाली तभी, छोड़ा उसने हाथ।।

522.

पेड़ काटने आ गए, कुछ बेदर्दी लोग।
पक्षिन में भगदड़ मची, लोग जीमते भोग।।

523.

किसकी ऐसी देहरी, जिसमें नहीं किवार।
बिन फाटक के घर नहीं, बिन कारण कब रार?

524.

टीवी में भी छा गया, फूहड़ता का रंग।
तनिक लाज आवे नहीं, रंग बने बदरंग।।

525.

युवक–युवतियाँ पढ़ रहे, कालेज में अब साथ।
बेटा–बेटी एक सम, इन पर प्रभु का हाथ।।

526.

सास, ससुर, देवर, ननद, सब रिश्ते अनुकूल।
रिश्तों का सम्मान कर, मत बोलो प्रतिकूल।।

527.

डब्लू जी को नाज है, हिंदी भाषी देश।
अंग्रेजी पढ़कर कहाँ, जानेंगे परिवेश।।

528.

एक्स फ्रेंड ने कर दिया, शादी को बदरंग।
कुछ दिन उसके संग थे, अब दूजी के संग।।

529.

आज काट तो तुम रहे, छायादार दरख्त।
धूप नहीं सह पाओगे, यात्रा करते वक्त।।

530.

जो तू करता बंदगी, सुन ले मेरी बात।
समरसता से बात कर, पूछो जात न पात।।

531.

काज अनूठे कर गए, अग्रसेन महाराज।
उनके कारण ही बढ़े, अग्रवंश के काज।।

532.

वैश्यों ने प्रण था लिया, करें अग्र से कर्म।
निर्धन के सम्बल बनें, याद करें निज धर्म।।

533.

सबको शिक्षा दे गए, अग्रसेन महाराज।
वंशज सब करते करम, उनके जैसे आज।।

534.

अग्रसेन महाराज से शिक्षा मिली विशेष।
एक ईंट का दान कर, निर्धन रहे न शेष।।

535.

रावण तू तो जल रहा, भारत में प्रतिवर्ष।
हर पापी का नाश हो, होगा तब ही हर्ष।।

536.

रावण जैसे कर्म अब, करते भारत बीच।
उसकी छवि को जी रहे, कुछ दुष्कर्मी नीच।।

537.

मने दशहरा शान से, छोड़ो घटिया काम।
दुर्व्यसनों में मत फँसो, मन पाए विश्राम।।

538.

कागा तुमको ढूँढते, श्राद्ध दिनों में रोज।
श्राद्धों में तुमको मिले, सुंदर मधुरिम भोज।।

539.

कण–कण में बसते प्रभु, हुआ आज आभास।
साधारण सी बात थी, हुआ कहाँ विश्वास?

540.

नवरातों में आजकल उत्सव जैसा हर्ष।
माँ अम्बे में साधना, जगने लगी सहर्ष।।

541.

दुर्गे की तस्वीर को, पूजें सेवक भूप।
उत्सुकता जगती बड़ी, देख मात का रूप।।

542.

माता वेणी गूँथती, मन ही मन में हर्ष।
बेटी पढ़ने जा रही, नैन किए स्पर्श।।

543.

एक भिखारी देखकर, दरवाजा है बंद
उसके हक का अन्न है, तेरे घर मतिमंद।।

544.

नीम पत्र से शत्रुता, रसगुल्ले से नेह।
एक सँवारे देह को, एक करे मधुमेह।।

545.

दीपक तू उजियार कर, हवा बहे प्रतिकूल।
कर्मठता है दीप में, पवन होय अनुकूल।।

546.

सोच कल्पना बावरी, मत हुलसावै मोय।
उन्मादित है वेदना, सहनशक्ति को खोय।।

547.

आंदोलन तो कर रहे, जाति–पाति का आप।
लोग पुलिस को पीटकर, करते देखे जाप।।

548.

मुद्रा लेकर देश की, भागे दूर विदेश।
धरती भाती गैर की, कब भाया निज देश।।

549.

अरी ताजगी रूपसी, पुष्प बीच इतराय।
वो माला में गुँथ गया, छोड़ भगी भरमाय।।

550.

गीत, गज़ल, दोहे बने, मेरे असली मीत।
नज़्म सवैये कर रहे, मुझसे सच्ची प्रीत।।

551.

काम, क्रोध, मद, मोह की, खान बनाई देह।
इन से बचकर ही रहो, तभी बढ़ेगा स्नेह।

552.

पाठ–योजना हो बनी, पढ़ना हो आसान।
समय नियोजित कर अभी, तब पढ़ना नादान।।

553.

पूर्व नियोजित कार्य हो, आता है विश्वास।
काम समय से पूर्ण हो, बढ़ जाती है आस।।

554.

समय नियोजित जब किया, लगा कार्य आसान।
काबिल तब व्यक्तित्व हो, यही मंत्र पहचान।।

555.

शिक्षक को कुछ वक्त तो, रिक्त मिले श्रीमान।
सारे दिन थककर रहे, देगा कैसे ज्ञान?

556.

कोल्हू जैसे बैल सम, किया हमेशा कर्म।
कब अराम की चाह थी, भूला कुनबा धर्म।।

557.

क्रिया कलापों से रहे, आनंदित माहौल।
मेहनत करके पढ़ सकें, ज्ञान बहुत अनमोल।।

558.

पुस्तक पढ़कर देख तो, करे ज्ञान विस्तार।
बिन पुस्तक शिक्षा कहाँ, मत बैठो लाचार।।

559.

सामाजिक माहौल में, हर जन विकसित होय।
एकल रहकर देख ले, मनवा कुंठित होय।।

560.

अनुशासन से जो रहे, वो नर ईश समान।
नियम ताक पर जो रखे, कब बन सका महान।।

561.

समय योजना से बढ़ो, औचक कर्म न होय।
रहे न घर अरु घाट का, फिर क्यों आपा खोय।।

562.

अभिभावक दें साथ तो, छात्र पढ़ेंगे खूब।
सम्मानित शिक्षक रहें, पढ़ें पाठ में डूब।।

563.

होली के त्यौहार पर, मत तुम पीना भंग।
होश भुलाकर घूमते, होय पर्व बदरंग।।

564.

अंकतालिका में लिखो, अंक समयानुरूप।
छात्रों का कर आँकलन, खिले ज्ञान की धूप।।

565.

अवकाशों का ध्यान रख, छुट्टी करे न कोय।
रोज उपस्थित छात्र हों, पूरी शिक्षा होय।।

566.

छोड़ा केवल राज को, कब छोड़ा कश्मीर।
छोड़ो पत्थरबाजियाँ, जागे यदि जमीर।।

567.

राजनीति में आजतक, हुए कहाँ गंभीर।।
धरना देकर सोचते मारेंगे अब तीर।।

568.

बिन मेहनत रबड़ी मिले, यही चाह दिन रैन।
कुलटा ने दुत्कारकर, खूब भिगोये नैन।।

569.

चोर–चोर से मिल गया, दोनों मिलकर एक।
आधा–आधा लूटकर, देंगे घुटने टेक।।

570.

खामोशी मेहनत करे, करे सफलता शोर।
लगे रहो निष्काम तुम, छाओगे चहुँ ओर।।

571.

मालिक ने रमजान से बख्शी हमको ईद।
धर्म भेद परित्याग कर, सजदे करें मुरीद।।

572.

शब्द अगर प्रतिबिम्ब हैं, कविता है अंदाज।
अर्थ वर्तनी में बसे, भाव सजाये साज।।

573.

इधर तप रहीं शाम हैं, उधर बरसता मेह।
पर्वत पर जाकर रहो, ठंडक पाये देह।।

574.

द्वार तिहारे आ गए, नीलकंठ महाराज।
इच्छा पूरी कर दियो, चले तुम्हारा राज।।

575.

बहुत प्रेम दिखला रहा, मेरा सच्चा यार।
वो पर्दे की ओट से, करता रहा प्रहार।।

576.

ऋषिकेश की मान्यता, भारत में भरपूर।
योग साधना केंद्र से, दमके मुख पर नूर।।

577.

अरी मसूरी! तू बसी चोटी ऊपर खूब।
मैदानी आते यहाँ, रहे उमस से ऊब।।

578.

सब कामों से मुक्त हो, घूमो देहरादून।
शांत चित्त कर लो कभी, मत हो अफलातून।।

579.

कच्चे कानों ने सुनी, आज वहाँ जो बात।
झूठी निकली फिर वही, सहम गए जज्बात।।

580.

यही सोचकर मस्त हूँ, मैं जीवन में आज।
इक दिन मौसम स्वयं ही, बदले यहाँ मिजाज।।

581.

घोटालों का दौर है, और प्रजा का तंत्र।
मुद्रा ले चंपत हुए, जपें बैठकर मंत्र

582.

माँ वाणी कर दो कृपा, कलम चले अनुकूल।
निंदा या आलोचना, लिखे नहीं प्रतिकूल।।

583.

तुलसी करते साधना, वर वाणी से पाय।
रामचरितमानस रची, महिमा कही न जाय।।

584.

ज्ञान चक्षु को खोलकर, महिमा लिखी अनंत।
रस छंदों का साथ ले, रचना करते संत।।

585.

शब्द ज्ञान सबसे बड़ा, करूँ सदा चित लाय।
माँ वाणी अनुकूल हो, नया छंद बन जाय।।

586.

वर्ण तोलती लेखनी, भाव तोलते शब्द।
ज्ञानदायिनी साधना, पाठक हों निःशब्द।।

587.

विस्मय में रचना पड़ी, किसने रचा शरीर।
नमन लेखनी को किया, वो माँ जैसी धीर।।

588.

बहकी कोमल कल्पना, विस्मित मेरे लब्ज़।
लिखे हकीकत लेखनी, शब्द टटोलें नब्ज़।।

589.

उँगली पर पाहन धरयो, गोपाला मुस्काय।
तनिक डरो मत इंद्र से, रोक लियो हर्षाय।।

590.

द्वारपाल सोते रहे, बेसुध जेल विभाग।
वासुदेव ले चल दिए, जगा कृष्ण का भाग।।

591.

तू बाँसुरिया दूर हट, सौतन जैसे कर्म।
अधर सुधारस श्याम के, छू लेती बेशर्म।।

592.

देख गरीबी मित्र की, नैन अश्रु टपकाय।
विस्मित होती रुक्मणी, कृष्ण गए कुम्हलाय।।

593.

आरक्षण का मामला, है बिल्कुल बेकार।
जिसमें होगी योग्यता, लेगा बाजी मार।।

594.

मस्त हुई है कल्पना, शब्द हुए बिंदास।
भावों की अल्हड़ छटा, करे काव्य की आस।।

595.

ए सी तू क्यों ठग रहा, नकली ठंडक देय।
बिल कर देता दस गुना, नोटों को खा लेय।।

596.

जामुन फल अमृत लगे, शुगर विनाशक होय।
गुठली का सेवन करो, रोग बढ़े ना कोय।।

597.

न्याय व्यवस्था देखकर, भौंचक हुआ समाज।
रिश्वत का बढ़ता चलन, करते नहीं लिहाज।।

598.

भ्रात–बहन के स्नेह में, कभी करो मत रोक।
बहन माँगती साड़ियाँ, देने में ना टोक।।

599.

दर्द निवारक हो दवा, कभी न उसको खाय।
रोग मिटाती है नहीं, आदत भी बन जाय।।

600.

तेल, मिठाई, मिर्च से, तुम मत करो सनेह।
इनके खाने से बचो, रखो न इनसे नेह।।

601.

आई लव यू बोलकर, मजनू का मुख लाल।
सुनी भ्रात ने बात तो, जूते खाय कपाल।।

602.

सेना में हो नौकरी, स्वाभिमान भरपूर।
सारी सुविधा मुफ्त हैं, सेवा करो जरूर।।

603.

क्या रसगुल्ले सोचता, पड़ा मिठाई बीच।
शुगर बढ़ाता रात–दिन, नहीं बिकेगा नीच।।

604.

सीही जन्मस्थान है, कविवर सूर महान।
मंदिर में हों गोष्ठियाँ, मिले अधिक पहचान।।

605.

काम ढूंढता घूमता, सड़कों पर मजदूर।
पेट मसलकर रह गया, थककर होता चूर।।

606.

सच्चाई को बोलकर, हुई कहाँ आबाद।
झूठ बोलकर कर दिए, उसने कई अपराध।।

607.

कितना सोचा छोड़ दूँ, कंगाली का साथ।
वफादार वो थी बड़ी, रही पकड़कर हाथ।।

608.

सब धर्मों का सार सुन, समझ गई मैं बात।
कण–कण में रमते प्रभू, भूल जात अरु पात।।

609.

रिश्ते क्यूँ रिसने लगे, यही सोच दिन–रात।
रिश्तों के सम्मान से, बनती बिगड़ी बात।।

610.

दादा की अब तक रही, आँगन भर में छाँव।
उनके जाते ही प्रभु, डगमग होते पाँव।।

611.

अठखेली करते रहे, शब्द कलम के साथ।
भाव ऐंठ में छुप गए, बनी न कविता रात।।

612.

रोया था शिशु, देखकर, माँ पर अत्याचार।
निर्मोही करते रहे, उस अबला पर वार।।

613.

पँखा चक्कर काटकर, शीतलता दे जाए।
वो जड़जीवी सोचता, मानवता इतराय।।

614.

कवच धार कच्छप फिरे, इंसानों से भीत।
गुप्त प्रकट होता रहे, गर्मी हो या शीत।।

615.

अंडे देती छिपकली, सर्प बिलों के बीच।
वो खाती पर कीट है, अण्डे खाता नीच।।

616.

मेहनत की रोटी भली, चाहे हो बिन साग।
सोते थककर रात भर, दिन भर भागमभाग।।

617.

मदहोशी में कह गया, वो जो सच्ची बात।
होश हुआ रोया बड़ा, निर्दोषी था साथ।।

618.

मेट्रो तू है चुलबुली, मिनट बाद आ जाय।
सबके मन को भा रही, सैर रोज करवाय।।

619.

कचरे में मुझको दिखा, मादा भ्रूण अभाग।
चिंतन और तूफान से, गया समंदर जाग।।

620.

भोली सुता सुहावनी, शीतल उसके भाव।
जो उसमे अवगुण लखे, ताके मन दुर्भाव।।

621.

सहज सरल सा पुत्र है, निर्मल चंदन देह।
चंचलता बिल्कुल नहीं, मनवा उमड़े नेह।।

622.

भूतपूर्व सैनिक खड़े, क्यूँ कतार में आज।
काश! व्यवस्था ठीक हो, सैनिक तेरे काज।।

623.

वृक्ष निभाते साथ अब, मौसम करे विरोध।
इक मानव का सारथी, दूजा करता क्रोध।।

624.

रार थमी अब भी नहीं, किया बमों से वार।
इंतजार किस बात का, करो पुनः संहार।।

625.

जेल, सलाखें, तोड़कर, वापिस आया चोर।
पुलिस ढूँढती फिर रही, खूब लगाए जोर।।

626.

स्वार्थ बसी है प्रीत में, कहाँ नेह बिन स्वार्थ।
आज कुटुम्बों में कहाँ, पहले सा परमार्थ।

627.

बोली कड़वी बोलकर, नारी करती घात।
ऐसे शब्दों को सुना, सहम गए जज्बात।।

628.

नवसंवत्सर आ गया, खिले डार पर फूल।
नव पल्लव नव पंखुरी, मौसम है अनुकूल।।

629.

बहन बेटियां साथ ले, निकले गाँव तमाम।
रौनक घर में हो गई, क्लेश हो गए जाम।।

630.

जो बातें ओछी करे, त्याग उसे तत्काल।
नहीं त्याग पाए अगर, होगा तुझे मलाल।।

631.

डीएवी संस्थान में, पुष्पित होता नेह।
आँगन में वर्षा करे, संस्कारों का मेह।।

632.

एक बहू विष की डली, एक शहद की बूँद।
एक सदा सेवा करे, एक आँख ले मूँद।।

633.

संवादों का सिलसिला, मत देना बिसराय।
रिश्तों में मृदुता घटे, हिय में द्वेष समाय।।

634.

वक्त–वक्त की बात है, समय–समय का खेल।
नेता आया कैद में, झेल रहा अब जेल।।

635.

मैं चिंता करती नहीं, धन दौलत की यार।
खुशी खुशी जीवन कटे, कम होवे न प्यार।।

636.

नारी तेरे रूप में, रिश्ते बसे अनेक।
सबको पोषित कर रही, चाह तुम्हारी नेक।।

637.

परिपोषित है भावना, संतुलित व्यवहार।
मंथन करती नारियाँ, वैचारिक उद्गार।।

638.

विद्यालय में मन रहा, कविता का त्यौहार।
शब्दों के झुरमुट सखे! पाएँगे आकार।।

639.

आज रूपसी देखती, अपना मोहक रूप।
जब यौवन ढल जाएगा, बदले रूप स्वरूप।

640.

कदम ताल करती चलो, नारी रुको न आज।
घर की जिम्मेदारिया, देती हैं आवाज।।

641.

मत घर आँगन छोड़ना, मत छोड़ो तुम जॉब।
संतुलन बन जाएगा, खूब जमाओ रॉब।।

642.

रुनक–झुनक परित्याग कर, पहन पगों में बूट।
कोमलता कर जाएगी, तेरे हिय पर चोट।।

643.

पायल झुमके बस करो, त्याग गले का हार।
नारी सेनानी बनो, करता वतन पुकार।।

644.

अल्पज्ञान हितकर कहाँ, उससे भला अज्ञान।
ताते हो अनपढ़ भला, भोला है इंसान।।

645.

ऋतु वसंत करने लगी, वृक्षों का श्रृंगार।
नूतनता की चूनरी, पहन हुई तैयार।।

646.

राजनीति के खेल में, मत उलझाओ पाँव।
केवल कीचड़ पाओगे, उल्टे होंगे दाँव।।

647.

अल्हड़ता अब भूल जा, सुन मेरी पाजेब।
वक्त बीतता जा रहा, नहीं कफन में जेब।।

648.

छापे मारी चल रही, नेता का मुख लाल।
सी बी आई देखकर, करने लगे बवाल।।

649.

कितनी सी लीं कतरनें, लगा–लगा पैबंद।
ओढ़ न पाई सौर को, कितने किए प्रबंध।।

650.

क्यूँ राहों को नापते, चोरी करते चोर।
मेहनत की खाते नहीं, पुलिस मचाये शोर।।

651.

दिखा गगन में चाँद तो, होते लोग मुरीद।
खुशियाँ लेकर आ गई, मित्रो फिर से ईद।।

652.

लेश मात्र दुविधा नहीं, नहीं तनिक आक्रोश।
आरक्षण की माँग फिर, भरती देखी जोश।।

653.

कैसे उपक्रम हम करें, शांति रहे हर ओर।
सोच कबूतर उड़ चले, है दंगों का दौर।।

654.

बेशक भाता आपको, मायावी संसार।
ज्यादा नेह न राखिए, नाव तभी हो पार।।

655.

कितने विज्ञापन भरे, इस मूवी में राम!
एक सीन देखा नहीं, होता अर्ध विराम!!

656.

ओ री! कोकिल बावरी, मत कूकै इस बार।
कागों की पंचायतें, होंगी तेरे द्वार।।

657.

दुर्घटना तो घट गई, कारण बने अनेक।
नेता दौड़े आ रहे, लेंगे रोटी सेंक।।

658.

प्रेम मिलन की आस में, हुए हजार विवाद।
व्याकुलता बढ़ती गई, करने को संवाद।।

659.

इश्क मुश्क छिपते नहीं, भर लो चाहे अंग।
तनिक महक दे जाएँगे, जब चढ़ जाए रंग।।

660.

उत्सुकता बढ़ती रही, आज न आए आप।
नैन देखकर सो गए, मनवा का संताप।।

661.

कहती तेरे संग ही, रह लूँगी सिर ढाँप।
मजबूरी मजदूर संग, करती रही विलाप।।

662.

निंदा उसको खुश करे, हम विद्या के दास।
सद्‌बुद्धि उसको मिले, करूँ राम से आस।।

663.

बिन घी दीपक कब जले, बिन हाथों कब ताल।
बिना ज्ञान अनजान हम, बिना शक्ति बेहाल।।

664.

घूँघट में है कामिनी, करती कब परवाह।
पैदल चलती जा रही, नहीं सूझती राह।।

665.

या तो घूँघट खोल दे, या मुख कर ले बंद।
मुख ढककर तू चीखती, लगती हो मतिमंद।।

666.

स्वाद भरा भोजन बना, रजिया करती जश्न।
क्लेश करे मत बावरे, नारी पर क्यूँ प्रश्न।।

667.

गुपचुप की पुड़िया खुले, ऐसे खुलती वोट।
जो जीता वो बादशाह, लगे हारकर चोट।।

668.

सुन रे कूकर! मान जा, सीटी रहा बजाय।
घर में बेटी बहन है, बिलकुल नहीं लजाय।।

669.

पारदर्शिता कब रही, राजनीति में यार।
मिलते ही पदभार के, सिर पर चढ़ा खुमार।।

670.

उल्लू के वंशज लगे, हमको पापी चोर।
चोरी करते रात भर, सो जाते हुई भोर।।

671.

सहनशक्ति घटने लगी, अरि करता है घात।
बहुत हो चुकी वंदना, मारो कसकर लात।।

672.

बॉबी, गुड़िया तुम पढ़ो, आगे बढ़ना खूब।
शिक्षित होती बेटियाँ, गईं ज्ञान में डूब।।

673.

राष्ट्र वंदना से सजें, तेरे शब्द स्वदेश।
सबदेशों से आज भी, प्यारा मेरा देश।।

674.

अरी! वीरता सुन जरा, सीमाओं पर बैठ।
सैनिक तुमको चाहते, अरि बढ़ाता पैठ।।

675.

आत्म समर्पण कर रहे, अब नक्सली अनेक।
नए नोट मिलते नहीं, देंगे घुटने टेक।।

676.

कालेधन पर देख लो, पड़ गई ऐसी चोट।
नोट–नोट जो कर रहे, था उनमें ही खोट।।

677.

रहिमन तेरी आस्था, कान्हा जी के संग।
धर्म भेद में जो फँसे, उन्हें न भाए ढंग।।

678.

बेटा मत होना दुखी, कर मत तू उत्पात।
शहर बीच है आश्रम, वहीं छोड़ दे मात।।

679.

बूढ़े दोनों दंपति, करते सोच विचार।
बच्चों का क्यूँ आजकल, बदल रहा व्यवहार।।

680.

गुपचुप बातें हो रहीं, हम दोनों हैं भार।
कैदी बन कर रह रहे, जीवन को धिक्कार।।

681.

ऐ यौवन तू तज चला, बीत गए सब राग।
वृद्धावस्था आ टिकी, इससे कर अनुराग।।

682.

सद्कर्मों की पोटली, रख सहेजकरआज।
ऊपर जाकर मिल सके, बेहतर हमें समाज।।

683.

धरती उसकी प्रेयसी, वो धरती का मीत।
बेशक ये मिलते नहीं, दोऊ निभाते प्रीत।।

684.

विद्या ऐसा कोष है, खरचे से बढ़ जाय।
जिसे भी संचय जिया, उसका कम हो जाय।।

685.

ठाठ नवाबी ही रहे, खर्चा देखे नाय।
धन की बर्बादी करी, फिर पीछे पछताय।।

686.

नदिया सबसे कह रही, रहना तुम गतिमान।
रुकने से कुछ न मिले, थमना मरन समान।।

687.

तन तरुणाई से भरा, मन जैसे मकरंद।
भाव भंगिमा कह रही, अंदर चलता द्वंद्व।।

688.

आडंबर की अर्चना, मिले नहीं भगवान।
मन का मोती साफ रख, होय ईश पहचान।।

689.

कच्चे धागों से बंधी, ये साँसों की डोर।
तनिक ठेस से टूटती, इसका ओर न छोर।।

690.

राज मिस्त्री चिन रहा, नूतन नित्य मकान।
बेशक खुद की झोंपड़ी, सोता चादर तान।।

691.

नित्य निहारे नर्तकी, औरन के धन माल।
अंग भंगिमा कर रहीं, देखो नए सवाल।।

692.

मजदूरी से थक गया, कब बन सका अमीर।
निंदिया प्रेयसी बन गई, पंखा झले समीर।।

693.

अपराधी बन कर किए, तुमने केवल क्लेश।
लोगों को क्यूँ मारते, मारो खुद का द्वेष।।

694.

जाम राह में लग गया, हो गई हमको देर।
कैसे मंजिल पाएँगे, जाए मिलगे फेर।।

695.

धक्का मुक्की कर रहे, मंदिर में इंसान।
पा जाएँगे श्याम को, घर में कर लो ध्यान।।

696.

लिपट–लिपट कर चढ़ गई, देख पेड़ पर बेल।
बिना आसरे कब चली, इन बेलों की रेल।।

697.

उल्लू तेरी दुर्दशा, मुझसे लखी न जाय।
रातों का राजा बने, दिनभर देखत नाय।।

698.

उधर रैलियाँ, आप की, इधर लगे हैं जाम।
रोगी गाड़ी में फँसे, करते घटिया काम

699.

नैतिकता कम हो रही, भौतिकता बलवान।
नेकी रखो सहेजकर, तब होंगे इंसान।।

700.

दहला एनसीआर फिर, आया जो भूकम्प।
सीढ़ी से उतरो सभी, लगा रहे क्यूँ जम्प।।

www.ingramcontent.com/pod-product-compliance
Ingram Content Group UK Ltd.
Pitfield, Milton Keynes, MK11 3LW, UK
UKHW042105021026
15589UKWH00001B/205